日语专业四级统考辅导丛书

丛书策划　秦礼君

U0116856

日语综合运用

主编　刘志强　蔡艳辉　王　莉

东南大学出版社

·南京·

图书在版编目(CIP)数据

日语综合运用/刘志强,蔡艳辉,王莉主编.—南京:
东南大学出版社,2008.3
(日语专业四级统考辅导丛书)
ISBN 978-7-5641-1150-2

Ⅰ.日… Ⅱ.①刘… ②蔡… ③王… Ⅲ.日语—
高等学校—水平考试—自学参考资料 Ⅳ.H369.6

中国版本图书馆 CIP 数据核字(2008)第 026365 号

日语综合运用

出版发行	东南大学出版社	
社 址	南京市四牌楼 2 号(邮编:210096)	
出 版 人	江 汉	
网 址	http://press.seu.edu.cn	
电子邮件	press@seu.edu.cn	
责任编辑	李 正	
经 销	全国各地新华书店	
印 刷	南京玉河印刷厂	
开 本	700mm×1000mm 1/16	
印 张	11.75	
字 数	293 千字	
版 次	2008 年 3 月第 1 版	
印 次	2008 年 3 月第 1 次印刷	
书 号	ISBN 978-7-5641-1150-2/H·146	
定 价	18.50 元	

目　录

丛 书 前 言

为了了解日语专业教学的实际情况,我国实行了日语专业四级和八级考试。日语专业四级考试是针对日语专业基础阶段教学而设立的,为此国家出台了两个指导性文件:《高等院校日语专业基础阶段教学大纲》(以下简称《基础阶段教学大纲》)和《日语专业四级考试大纲》(以下简称《专业四级考试大纲》)。前者于2001年、后者于2005年分别作了修订。该套丛书就是针对日语专业四级考试而编写的。

从考试的要求及内容等考虑,该套丛书分为两册。

① 《日语语言基础》,主要涉及基础语言知识等;

② 《日语综合运用》,主要涉及综合运用能力等。

每册的主要内容包括:

① 详细解读两个《大纲》。

② 分析《大纲》修订以来的历年试卷,主要有:2005年试卷、2006年试卷和2007年试卷。

③ 将考试涉及的基本内容分类、归纳、整理、讲解,做到得当、重点突出、言简意赅、例证丰富。

一、《日语语言基础》秦礼君、曹珊主编

主要包括两个《大纲》中相关部分内容的解读、2005～2007年试卷的分析及考试具体内容的文字、词汇、语法等的讲解。基本原则是:对教材中系统或经常涉及的内容侧重同异及辨误方面,如"文字词汇"和"语法";对其他情况则予以详解,如"惯用词组"和"基础句型"。

内容如下:

1.《基础阶段教学大纲》相关部分解读

2.《专业四级考试大纲》相关部分解读

3. 两个《大纲》修订以来的相关试卷分析

① 相关样卷分析

② 2005年相关试卷分析

③ 2006 年相关试卷分析

④ 2007 年相关试卷分析

4. 文字词汇读音辨误　列举大纲词汇表所列 5 500 词中容易读错的特殊汉字词汇，进行正误读音比较。

5. 同义语法现象辨析　选列约 40 组与四级考试相关的最常见的同义语法现象加以解析，包括助词、助动词等。

6. 惯用词组详解　例解大纲所列 72 个惯用词组，并对同义惯用词组进行比较，对相关内容加以解说。

7. 基础句型详解　例解大纲所列 246 个基础句型，并对同义句型进行比较，对相关内容加以解说。

二、《日语综合运用》刘志强、蔡艳辉、王莉主编

主要包括两个《大纲》中相关部分内容的解读（听力理解、阅读理解、作文）、《大纲》样卷及 2005、2006、2007 年试卷中典型真题的分析、解题技巧的介绍、专项模拟练习题。

1. 听力理解

（1）《基础阶段教学大纲》及《专业四级考试大纲》相关部分解读

（2）题材和主要测试点

（3）典型真题分析（以 2005、2006 真题为例）

（4）技巧介绍

（5）听力专项模拟练习（5 套）

（6）听力专项模拟题参考答案及文字稿

2. 阅读理解

（1）《基础阶段教学大纲》及《专业四级考试大纲》相关部分解读

（2）题材和主要测试点

（3）真题题型分析（2005 年、2006 年、2007 年真题为例）

（4）技巧介绍

（5）阅读理解专项模拟题（7 套）

（6）阅读理解模拟参考答案

3. 主观表达题（完成句子和作文）

（1）《基础阶段教学大纲》及《专业四级考试大纲》相关部分解读

（2）完成句子主要测试点和解题技巧介绍

（3）作文题材及评分要点

（4）专项模拟练习（完成句子和作文例文各 10 套）

（5）完成句子参考答案

（6）十篇作文例文

附录：

2005 年真题及答案、听力文字内容

2006 年真题及答案、听力文字内容

2007 年真题及答案(无听力文字内容及作文范文)

一、听力理解

（一）《基础阶段教学大纲》及《专业四级考试大纲》相关部分解读

《基础阶段教学大纲》对"听"这一重要语言技能提出如下要求：

（1）能听懂日语讲课及与所学课文难度相同的听力教材或录音材料。

（2）能听懂日本人用普通话（标准语）以正常速度作的一般性演讲或简单的报告，理解准确率不低于 65%。

（3）能听懂语速每分钟 240～260 个字，生词不超过 10% 的原版听力材料，听一遍后要求理解中心大意，抓住主要内容和重要情节，并能辨别说话人的语气和态度，理解准确率在 75% 以上。

（4）能听懂我国国际电台的对日广播中的新闻和文化节目的主要内容，理解准确率不低于 60%。

《专业四级考试大纲》关于听力理解规定如下：

（1）考试要求

A. 能听懂日本人用标准语以正常语速进行的日常交谈、讲演或报告。

B. 能听懂语速为每分钟 160～260 字的原文听力材料，听一遍后能理解中心大意，抓住主要内容和重要情节，并能辨别说话人的语气和态度等。

C. 能听懂我国电台对日广播的新闻和文化节目的主要内容。

D. 考试时间为 30 分钟。

（2）试题题型

A. 听力理解为多项选择题，分两个部分，共 20 题。

B. 第一部分的内容为对话，第二部分的内容为报告或陈述。

C. 听力部分的每道题后面有 10 秒左右的间隙，供考生回答问题。要求从试卷所给的每题 4 个答案中选取 1 个最佳答案。考题只读一遍。

（3）考试目的：测试考生获取口头信息的能力。

（4）试题选材原则：

A. 对话部分为反映日常生活的对话,句子结构和内容有一定的难度。

B. 陈述部分以反映日常生活的句子为主,有一定的难度。

C. 电台、电视台的新闻、文化节目或难度相当的听力材料。

D. 听力材料中所出现的生词原则上不超过《基础阶段教学大纲》所规定的范围。

不难看出《专业四级考试大纲》与《基础阶段教学大纲》的要求基本一致,也就是说只要基本达到《基础阶段教学大纲》的要求也就达到了《专业四级考试大纲》的要求。《基础阶段教学大纲》对听力理解的要求是最基本的能力,要求不是很高,所以专业四级考试对听力理解的考察也是基本能力的考察。

（二）题材和主要测试点

1. 题材

《专业四级考试大纲》修订后,听力理解部分为 A、B 两部分,总题量由原来的 25 题降为目前的 20 题：

A 部分(1～15 题)是简短的对话,长度均不会超过 15 句,语速均未超过《基础阶段教学大纲》所要求的每分钟 240～260 个字。这部分的题材涉及范围较为广泛,但仍然是《专业四级考试大纲》所规定的"反映日常生活"的对话,例如家庭、校园、公共等日常生活场所的衣、食、住、行、工作、学习等方面的话题。

B 部分(16～20 题)是简短的陈述或报告,长度不超过 10 句,语速均未超过《基础阶段教学大纲》所要求的每分钟 240～260 个字。题材为《专业四级考试大纲》规定的"以反映日常生活的句子为主",多为讲话、讲解介绍、说明叙述等内容,例如对人物的介绍、事件的说明等。

历览《专业四级考试大纲》修订前后的听力理解真题,进一步细分归类的话,1～15 题的其主要内容大体可以归纳为以下几类：人物类(谁/外貌特征/动作姿态)、数字类(数字号码/时间日期)、方位类(地点路线/方位位置/摆设)、事物类(物体/形状状态/事物信息/条件规则)、主题类(谈话的话题·中心·细节/谈话双方的异共同点·意见·看法)、信息类(原因理由/问题点/事物信息/最后结果)、推理类(推测后续行为·动作/后续发展/省略语意)。笔者将 2005 和 2006年专四真题(1～15 题)粗略做了统计,供各位考生参考：

题号	1	2	3	4	5	6	7	8	9	10
2005 年	数字类	事物类	方位类	事物类	数字类	推理类	推理类	推理类	数字类	信息类
2006 年	数字类	主题类	主题类	人物类	信息类	推理类	主题类	主题类	主题类	推理类
题号	11	12	13	14	15					
2005 年	推理类	主题类	数字类	数字类	人物类					
2006 年	主题类	人物类	主题类	信息类	推理类					

16～20 题的主要内容为叙述类（天气预报/电视广播/说明介绍/演讲内容）。

2. 主要测试点

A 部分和 B 部分,主要测试点基本归于:时间、地点、人物、事件这四点上,再进一步细分的话会涉及数量、原因、方式、程度、中心大意等。所以,听力理解的考察测试重点也就是大致听懂和理解这几方面的信息,这与《基础阶段教学大纲》的要求是一致的。

A 部分主要考查应试者对所需信息和关键内容的理解和筛选能力。

B 部分主要考查考生对短文主题、中心、细节的理解能力,及对所掌握信息进行简单分析,作出简单推理和判断。

3. 难度分析

词汇上,从最近几次的真题来看,基本不超出《基础阶段教学大纲》要求的词汇范围。听力理解注重考察实际运用,所以出现的词汇大部分是日常生活中使用频率高、最常见的词汇,而且多为口语词汇。书面用语和比较专业的词汇出现频率很低。

语法上,语法难度低,句子结构非常简单,多为简单句,很少出现复合句。由于多为会话型的考察形式,所以多见口语语法,因此出现较多的省略句和一些口语音便。

语速上,近年来趋于稳定,语速基本是《专业四级考试大纲》要求的每分钟 160～260 字,低于《基础阶段教学大纲》的每分钟 240～260 字,对参加考试的二年级学生来说还是有一定难度,但远远低于日本人平时交流的语速。

（三）典型真题分析（以 2005、2006 真题为例）

下面选择 2005 年和 2006 年的一些有代表性的真题做一些解题思路分析。

2006-1. 今日は何曜日ですか。

女：ねえ、この間貸したお金、そろそろ返してくれない？

男：ごめん。給料もらってからでないと返せないんだ。だから、金曜日に返す。

女：給料日って 25 日だっけ？ 今日は 22 日だから、日曜日じゃないの？

男：うちの会社、25 日が土曜日か日曜日のときは金曜日が給料日になることとになってるんだ。

今日は何曜日ですか。

A. 月曜日です。 　　　　　　　　B. 木曜日です。

C. 金曜日です。 　　　　　　　　D. 日曜日です。

此题为最典型的数字类（时间）问题，问题开门见山就说"今日は何曜日ですか"，所以听过问话就可以判断只要抓住到底今天是"何曜日"就可以了。关键是男方说的要在发工资"金曜日"还钱，后面女方又说他应该在"25 日"发的，今天"22 日"的话，25 号就是"日曜日"了，那么往前推算两天就是"木曜日"了。答案选 B。后面男方说的"25 日が土曜日か日曜日のときは金曜日が給料日になる"等话都不是有效信息。

2006-15. 二人はその後何をしましたか。

男：困ったな。映画が始まるまで、あと一時間半もあるよ。どうする？

女：そうね。コーヒーは今、飲んだばかりだし…、デパートは込んでいるだろうから。

男：天気がいいから、近くの公園を散歩しようか。

女：そうね。でもちょっと疲れたわ。

男：そうか。じゃあ、うろうろしないでベンチに座ってゆっくりしよう。

女：そうね。公園のお花がとてもきれいだから、そうしましょう。

二人はその後何をしましたか。

A. 二人は公園に行って、散歩します。

B. 二人は公園に行って、ベンチに座ります。

C. 二人はデパートに行って、コーヒーを飲みます。

D. 二人はこれからデパートに行って、買い物をします。

　　此题为典型的推理类问题,问题的关键是"後何をしましたか",也就是后面将要做什么。先是男方提出电影开场前半小时"どうする?",那么他们究竟要做什么? 先是女方说"飲んだばかり"、"デパートは込んでいる",显然这两个可能性被否定了。然后男方提议"公園を散歩しようか",但女方说"ちょっと疲れたわ",所以也不是。女方又提议说"うろうろしないでベンチに座ってゆっくりしよう",到这可以初步判断了,最后一句男方的"そうしましょう"更加确认了B项答案的正确性。此题提供信息都是表面信息。只要听出来前后文的内容就不难作出判断。

2005-12. 男の人と女の人が買い物に来ました。誰が何を買いますか。

男:あっ、あのシャツいいなあ。俺、これ買おうかなあ。

女:ほんと。いいわね。私ほしいなあ。

男:えー、これ、男物だぜ。

女:だって、気に入ったもん。それに、女の人が男物着るのがはやってるんだから。

男:そんなもんか。

女:ね、二人で同じものを買いましょうよ。

男:俺、いやだよ。そんなの、着られないなあ。君買えば。

女:じゃ、そうするわ。

誰が何を買いますか。

A. 女の人が男物のシャツを買います。

B. 女の人が女物のシャツを買います。

C. 男の人が男物のシャツを買います。

D. 男の人が女物のシャツを買います。

　　此题为典型的主题类问题,关键就是谁干什么,即问话的"誰が何を買いますか"。男方说的"これ、男物だぜ。"一句明确了,两人看的是"男物",但是女方表示她也想买,男方又说"そんなの、着られないなあ。君買えば",不愿意和女方一样,所以很明显是女方买"男物",答案是B。

2005-15. 男の人が女の人と電話で話しています。女の人の部屋には誰が来ていますか。

男：あっ、もしもし、僕だけど元気。

女：あっ、どうも。こんばんは。

男：ね、明日なんだけど、家の兄貴が車を貸してくれるっていうから、足のほうは大丈夫だよ。

女：あっ、そうですか。それはよかったですね。

男：あれ、何、その話し方、誰かが来ているのか。

女：ええ。まあ。

男：友達？

女：いいえ、違う。田舎から。

男：お父さん、お母さん？

女：いいえ、高校のときお世話になった。

男：えっ、先生が来ているのか。

女：ええ。

男：ずいぶん緊張しているみたいじゃないか。

女：はい。

女の人の部屋には誰が来ていますか。

A. お兄さんです。　　　　　　　　B. ご両親です。

C. 友達です。　　　　　　　　　　D. 先生です。

　　此题是典型的人物类问题，会话内容虽然有些长，但关键把握"誰"来了女方的房间就行了。男女双方的会话中男方提到了"友達"，但被女方的"いいえ、違う"给否定了，后面的"お父さん、お母さん？"也被女方的"いいえ"给否定了，后面又出现了"先生が来ているのか"的问话，女方肯定到"ええ"，那么毫无疑问，就是答案 D 的"先生です"了。

2005-10. 学生三人で話しています。この三人は送別会に参加しますか。

男：明日のパーティー、参加する？

女：ええ、行くわ。

男：田中は？

田中：ふんん、あまり行きたくないけど。ぼくは行かないってわけには行かないよ。

女：そりゃそうよ。

男：じゃ、よろしくね。僕はいけないけど。

この三人は送別会に参加しますか。

A. 一人参加します。　　　　　　B. 二人参加します。

C. 三人参加します。　　　　　　D. 四人参加します。

　　此题是典型的信息类问题,主要是确认信息"この三人は送別会に参加しますか",要分别确认三个人的意向。女方的"ええ、行くわ",很明显她要去。田中的"行かないってわけには行かないよ"也很明朗,他也去。就是男方的"僕はいけないけど"表明他不能去,所以三个人中有一个人不去,答案是 B。

2006-18. 女の人が話しています。相談したいことは何ですか。

女：5月になって、息子が大学へ行かないといって、休むことが多いのです。家で寝ているか、ため息ばかりついています。新しい環境の変化に疲れたのでしょうか。五月病でしょうか。どうしたらよいでしょうか。

相談したいことは何ですか。

A. 自分がため息ばかりつくこと。

B. 息子が全然大学に行かないこと。

C. 女の人が五月病であること。

D. 息子の体が弱いこと。

　　此题为典型的叙述类问题,主要是要听者通过叙述判断出"相談したいことは何ですか",也是主要要说明什么。通听全文无论是后面所说的"新しい環境の変化に疲れたのでしょうか"、"五月病でしょうか"还是最后的无可奈何"どうしたらよいでしょうか",归其根源都是第一句所说的"息子が大学へ行かない"所引发的。所以很明显答案是 B。

（四）技巧介绍

　　日语专业四级的听力理解主要考察应试者对语言的最基本的运用能力,如何迅速有效地提高听力能力达到考试要求,取得好的成绩这是每一个应试者都在思考的问题。其实日语同其他任何语言的学习一样,都是平时日积月累的结果,尤其是听力水平更是重在平时训练。下面总结了一些平时学习和应试方面

的一些技巧,希望对大家有所帮助。

(1) 所有的听力理解考试题目所涉及的问题无外乎是"时间、地点、人物、事件"这四个方面,所以平时在会话练习和听日语新闻,观看日本影视作品时,要一边听一边有意识地训练自己对"いつ、どこ、誰が、何をしたか"(何时、何地、谁、做什么)这几个方面要素的归纳能力。

(2) 听力能力的训练起始阶段,要像日语听力课一样,以精听、细听为主,先听梗概,然后逐句突破,尽量做到听写准确,意思明确,为日后的提高打下坚实的基础。

(3) 平时有意识地培养"筛选"信息的能力。平时我们在同他人交流时,一般都会留意自己想获得的信息内容,而其他不太相关的就给"筛选过滤"掉了。听力理解考试与这很相似,重要的不是听懂所说的全部内容或细节,只要弄明白问题的重点就可以了。所以,对应试者来说高效准确的信息判断筛选能力非常重要。

(4) 在考前需要有计划地进行强化训练,结合自己掌握的词汇和语法点,先从最简单的听起,循序渐进,逐步提高。建议不妨先找些日语能力水平测试四级真题(难度低于专四听力)来听,然后是日语能力水平测试三级真题(难度稍微有所提高),最后再换听一些历年的专四真题。这样起点低一点,便于建立自信。对每一类问题进行归纳总结,对自己掌握不好的一类,集中训练这一类问题。但前提条件是每天坚持,不能等到临考前再突击。

(5) 要非常熟悉各种类型题目的提问方式,掌握了这些提问方式就可迅速判断是哪类问题,针对该类问题的特点来听题、解题,自然会达到好的效果。前面讲到的要抓住有效信息,关键要看是否能够听懂提问的内容,带着提问内容去听,自然会有的放矢了。

(6) 在平时训练是要特别留心一些语气词的用法。要注意对话或者叙述的语境,判断说话人的主要态度和意图。生气、高兴、不满、同意还是拒绝等等。

(7) 在考试时可在试卷上做一些必要记录,有助于作出正确的选择。记录的内容可以是时间、地点、人名、数字等等,记录的文字只要自己能看懂就行,可以是日语也可是自己的母语,但要简明扼要,不能像做精听练习一样逐字逐句地记录在案。

(8) 在平日的日语学习中,还要多补充一些基本的日本社会、历史、文化常识等背景知识。这可以有助于用"日式思维"来深刻理解听力表面内容后面的深层寓意。

(9) 答题时可以采取排除法,一般从最不符合条件的选项开始排除,最后再将剩下的选项与自己听到的信息确认。如果一道题没答好,要果断作出决定,不

能总是放心不下不断回想。听力理解测试时一瞬而逝的，如果总在惦记前面没答好的题，就会影响到后面的内容了。

常用的口语缩约型

* ～てしまう→ちゃう・ちまう　　* ～ては→ちゃ
* ～では→じゃ　　　　　　　　　* ～ている→てる
* ていて→てて　　　　　　　　　* ～ていた→てた
* ています→てます　　　　　　　* ～ておく→とく
* ～のだ→んだ　　　　　　　　　* ～ので→んで
* ～けれども→けれど→けど　　　* ～ければ→きゃ
* ～れは・～れば→りゃ　　　　　* それなら→そんなら
* たまらない→たまんない　　　　* してるの→してんの
* だろう→だろ　　　　　　　　　* でしょう→でしょ

（五）听力专项模拟练习（5套）

专项模拟一

聴解（A）

次のテープの会話を聞いて、正しい答えをA、B、C、Dから一つ選びなさい。では、はじめます。

1	A	B	C	D	2	A	B	C	D	3	A	B	C	D
4	A	B	C	D	5	A	B	C	D	6	A	B	C	D
7	A	B	C	D	8	A	B	C	D	9	A	B	C	D
10	A	B	C	D	11	A	B	C	D	12	A	B	C	D
13	A	B	C	D	14	A	B	C	D	15	A	B	C	D

聴解（B）

次の会話を聞いて、正しい答えをA、B、C、Dから一つ選びなさい。では、初めます。

16	A	B	C	D	17	A	B	C	D	18	A	B	C	D
19	A	B	C	D	20	A	B	C	D					

专项模拟二

聴解（A）

次のテープの会話を聞いて、正しい答えをA、B、C、Dから一つ選びなさい。では、はじめます。

1	A	B	C	D	2	A	B	C	D	3	A	B	C	D
4	A	B	C	D	5	A	B	C	D	6	A	B	C	D
7	A	B	C	D	8	A	B	C	D	9	A	B	C	D
10	A	B	C	D	11	A	B	C	D	12	A	B	C	D
13	A	B	C	D	14	A	B	C	D	15	A	B	C	D

聴解（B）

次の会話を聞いて、正しい答えをA、B、C、Dから一つ選びなさい。では、初めます。

16	A	B	C	D	17	A	B	C	D	18	A	B	C	D
19	A	B	C	D	20	A	B	C	D					

专项模拟三

聴解（A）

次のテープの会話を聞いて、正しい答えをA、B、C、Dから一つ選びなさい。では、はじめます。

1	A	B	C	D	2	A	B	C	D	3	A	B	C	D
4	A	B	C	D	5	A	B	C	D	6	A	B	C	D
7	A	B	C	D	8	A	B	C	D	9	A	B	C	D
10	A	B	C	D	11	A	B	C	D	12	A	B	C	D
13	A	B	C	D	14	A	B	C	D	15	A	B	C	D

聴解（B）

次の会話を聞いて、正しい答えをA、B、C、Dから一つ選びなさい。では、初めます。

| 16 | A | B | C | D | 17 | A | B | C | D | 18 | A | B | C | D |
| 19 | A | B | C | D | 20 | A | B | C | D | | | | | |

专项模拟四

聴解（A）

次のテープの会話を聞いて、正しい答えをA、B、C、Dから一つ選びなさい。では、はじめ増す。

1	A	B	C	D	2	A	B	C	D	3	A	B	C	D
4	A	B	C	D	5	A	B	C	D	6	A	B	C	D
7	A	B	C	D	8	A	B	C	D	9	A	B	C	D
10	A	B	C	D	11	A	B	C	D	12	A	B	C	D
13	A	B	C	D	14	A	B	C	D	15	A	B	C	D

聴解（B）

次の会話を聞いて、正しい答えをA、B、C、Dから一つ選びなさい。では、初めます。

| 16 | A | B | C | D | 17 | A | B | C | D | 18 | A | B | C | D |
| 19 | A | B | C | D | 20 | A | B | C | D | | | | | |

专项模拟五

聴解（A）

次のテープの会話を聞いて、正しい答えをA、B、C、Dから一つ選びなさい。では、はじめます。

1	A	B	C	D	2	A	B	C	D	3	A	B	C	D
4	A	B	C	D	5	A	B	C	D	6	A	B	C	D
7	A	B	C	D	8	A	B	C	D	9	A	B	C	D
10	A	B	C	D	11	A	B	C	D	12	A	B	C	D
13	A	B	C	D	14	A	B	C	D	15	A	B	C	D

聴解（B）

次の会話を聞いて、正しい答えをA、B、C、Dから一つ選びなさい。では、初めます。

16	A	B	C	D	17	A	B	C	D	18	A	B	C	D
19	A	B	C	D	20	A	B	C	D					

（六）听力专项模拟题参考答案及文字稿

专项模拟一

[聴解 A]

次のテープの会話を聞いて、正しい答えをA、B、C、Dの中から一つ選んで、解答用紙のその番号に印をつけなさい。

では、始めます。

1. 病院で医者と女の人が話しています。女の人の調子はどうですか。

男：で、最近の体の調子はいかがですか。

女：ええ、引越しからというもの、環境が一変して、なんかこう、ほんとにすっきりしたって感じです。

男：あっ、そうですか。

女の人の調子はどうですか。

A. 引越す前も今も、調子がいいです。

B. 引越す前はよくありませんでしたが、今はよくなりました。

C. 引越す前はよっかったですが、今は悪くなりました。

D. 引越す前も今も、調子がよくないです。

2. 女の人はあした入学試験を受けます。女の人は今、どんな気持ちですか。

男：いよいよあしただね。どう？

女：まあまあ。先週までは不安だったけど、今はもう大丈夫。

男：そうだよ。いまさらあわてても仕方ないしな。

女：うん、自信があるわけじゃないんだけど、あしたってけっこう運がいい
ほうだから、何とかなると思って。

男：運を天に任せてか。まあ、がんばれよ。

女：うん、ありがとう。

女の人は今、どんな気持ちですか。

A．とても自信があります。　　　B．とても不安です。

C．あわてています。　　　　　　D．何とかなると思っています。

3. 男の人と女の人が歌舞伎について話しています。女の人はどんなチケ
ットを買うことにしましたか。

女：歌舞伎って、一度見てみたいんだけど、チケットが一万円ぐらいするん
でしょう。

男：うん、でもいろいろあるんじゃないかな。確か4000円や2000円の席も
あったと思うよ。三階だけど。

女：そう。2000円安いわね。

男：あっ、そうだ。初めてなら、一幕だけ見てみれば。

女：一幕だけ？

男：うん、四階なんだけどね、一幕だけ見るんなら、短いので500円長いの
でも1000円で見られるんだよ。

女：へー、どうなの。じゃ、初めてだから、それにしよう。

女の人はどんなチケットを買うことにしましたか。

A．4階の500円か1000円の席です。

B．3階の500円か1000円の席です。

C．4階の2000円の席です。

D．3階の2000円の席です。

4. 女の人と男の人が話しています。空港に行くのは誰ですか。

女：コヤマさん、明日、出発だよね、誰が送りに行くの、空港に？

男：君、行かないの。

女：私、踊りのお稽古があるんで、鈴木さんは？

男：コヤマさんのこと、あんまり知らないかなあ、でも、まあ、義理だか

らね。

女：そうよね！ じゃ、私も先生に休んで電話するわ～。

誰が空港に行きますか。

A. 男の人だけです。　　　　　　B. 女の人も男の人も行きます。

C. 女の人だけです。　　　　　　D. 男の人も女の人も行きません。

5. お母さんと太郎君が話をしています。お母さんは明日何時頃太郎君を起こしますか。

お母さん：太郎、明日、朝8時に起こしたらいいよね？

　　太郎：あ、お母さん、実は予定が変わって、明日の朝8時に学校で友たちと待ち合わせすることにしたんだよ。

お母さん：え？本当？ それなら遅くとも7時には起きなきゃ。

　　太郎：顔洗って朝ごはん食べるのに30分位はかかるから。

お母さん：まあ、ちょっと早く起きて出発した方がいいでしょう？

　　太郎：はい、お母さん、じゃ、明日お願いするよ。

お母さんは明日何時頃太郎君を起こしますか。

A. 朝8時半です。　　　　　　　B. 朝8時です。

C. 朝7時半です。　　　　　　　D. 朝7時です。

6. 教室で先生が生徒に話をしています。クラスのサッカー大会は何曜日ですか？

先生：みんな今週、サッカー大会をやろうか？

(子供全員で)賛成！ やった！

子供：今週のいつですか？

先生：それがね、水曜日テストがあるから、木曜日か金曜日がいいと思うんだけど、みんなはどう思う？

子供：でも、全然練習もしてないし、土曜日はダメですか？

先生：うーん、みんなもそれがいい？

(全員で)はい。

先生：じゃ、そうしよう。テストもサッカーも頑張ろう。

クラスのサッカー大会は何曜日ですか?
A. 水曜日です。　　　　　　　　B. 木曜日です。
C. 金曜日です。　　　　　　　　D. 土曜日です。

7. 女の人が駅の人に質問しています。女の人は何番目の駅で降りますか。
女の人：すみません。
駅の人：はい。なんでしょうか。
女の人：あの、さくら駅に行きたいんですが、何番目の駅でおりますか。
駅の人：あー。さくら駅ですね。
女の人：ええー。
駅の人：えーと、ここから四番目の駅ですが、特急なら二つ目と三つ目の駅はとまりませんから、二番目にとまります。あー、一番ホームにとまっているのが特急です。あの電車なら早く着きますよ。
女の人：あー、そうですか。どうもありがとうございます。

女の人は何番目の駅で降りますか。
A. 四番目です。　　　　　　　　B. 三番目です。
C. 二番目です。　　　　　　　　D. 一番目です。

8. 女の人と男の人が話しています。女の人の意見ではないものはどれですか。女の人の意見ではないものです。
女：日本人って政治に不満を持っていないわけじゃないのに、なぜ怒らないんですか。
男：政治に失望しきっていて、諦めてるんじゃないかな。
女：そんなの無責任です。政治がダメなら、自分たちで、変えようと思うべきです。
男：政治家のほうが強いから、自分一人では、なにも変えられないと思ってるんでしょう。
女：選挙で自分の意志を示せばいいんじゃないですか。
男：それはそんなですけど、やっぱり疲れてるんでしょうね。

女の人の意見ではないものはどれですか。
A. 日本人は、政治に不満を持っていない。

B. 日本人は、選挙で意志を表示すべきだ。

C. 日本人は、自分たちで政治を変えるべきだ。

D. 日本人は無責任だ。

9. 男の人と女の人がメモを見ながら話しています、二人見ているメモには
どう書いてありましたか。

男：あれ、佐藤さんは？ 会議でしょう、今日。

女：えぇ〜、で、これ佐藤さんから。

男：えー、何これ？

女：そうなんですよ。

男：だって、まずいでしょう、今日は。

女：えぇ、少し遅れるぐらいなら仕方がないですけど。

二人が見ているメモにはどう書いてありましたか。

A. 今日は、会議に出ますので、よろしく。

B. 会議までに戻ります。

C. 少し、会議に遅れます。

D. 今日は、会議に出られません。

10. 男の人と女の人が話しています。男の人はどうしてつまらなそうな顔
をしていますか。

女：聞いたわよ、いま開発している製品、すごいものになりそうなんだ
って。

男：まーね。

女：どうしたの、詰まらなそうな顔をして、いい仕事してるんだから、もっ
と嬉しそうな顔をしてるかと思ったら。

男：今、何もやる気しなくて。

女：なんで。

男：うん〜、俺、いつでも新しいことを始めて、模索しているうちは夢中な
んだけど。完成の目処が立っちゃうと、もう飽きちゃうんだ。

女：贅沢な悩みね、付き合ってらんないわ。

男の人はどうして、詰まらなそうな顔をしていますか。

A. 新しい仕事を模索しているからです。

B. 製品が完成したからです。

C. 製品の完成が予想できるからです。

D. 製品が完成できないからです。

11. 男の人と女の人が話しています、鈴木さんは、昨日なんと言いましたか。

男：鈴木さん、遅いですね。

女：今日は、来るかどうか。

男：ええ、そうなんですか。

女：え、昨日そう言ってました。

鈴木さんは、昨日何と言いましたか。

A. 来るといいました。

B. 来ないといいました。

C. 遅くなるといいました。

D. 来るか来ないかわからないと言っていました。

12. 男の人と女の人が話します、女の人は、子供が誰に似ていると思っていますか。

男：この子かわいいでしょ。

女：お子さんですか。

男：そうです、母親に似ていると思います。

女：それほどでも～。

男：そうでしょ、どっちかって言うと父親に似てるんですよね。

女：うん、あっ、こちらは、おじいさんですかよく似ていますね！

男：いいえ、これは、私の友人です。

女の人は、子供が誰に似ていると思っていますか。

A. 父親に似ている。   B. 母親に似ている。

C. どちらにも似ていない。   D. 両方に似ている。

13. 男の人と女の人が、列車に乗れました、二人は列車の何号車に行けばい

いですか。

女：あぁ、間に合った、あっ指定席ね、ここ。自由席が移らなくちゃ。

男：うん。

女：あたし、タバコの煙いやだから、禁煙車にしましょう。

アナウンス：本日は特急ツバサをご利用くださいまして、誠に有難う御座います。

お客様に車両をご案内いたします、この列車は一号車から九号車までは、指定席になっております、自由席は後ろより十号車から十二号車までです。食堂車は五号車で御座います。一号車と十二号車は禁煙車になっておりますので、おタバコはご遠慮くださいますよう、お願いいたします。

女：自由席はあっちね、禁煙車よ！

男：分かったよ。

二人は列車の何号車に行けばいいですか。

A．十二号車です。　　　　　　　　　B．十号車です。

C．二号車です。　　　　　　　　　　D．一号車です。

14. 男の人と女の人が話しています。男の人はどうして遅れそうになりましたか。

男：おはよう！　あぁ～疲れた。

女：後10分試験で、試験がはじめちゃう。

男：鉛筆忘れちゃったね、このすぐ近くまで来た気がついてね。はあぁ～うちに取りに行ってきたんだ。

女：そう、うちが近くてよかったね、ほかに忘れ物ない？

男：えぇと、時計、消しゴム、弁当もあると、君は余裕だね。

女：うんん、こっちも電車が遅れちゃって、はらはらしちゃった、早めに出たのに。

男：あっ、そう！

男の人はどうして遅れそうになりましたか。

A．時計が忘れたからです。

B．うちが遠いからです。

C．電車が遅れたからです。

D. うちに一度も戻ったからです。

15. 男の人と女の人が電話で話しています。男の人はイチゴをどうしてほしいと言っていますか。

女：はい、田中です。

男：東京スーパーの江川と申します、いつもありがとうございます。ええ、田中様、先日はりんごのご注文をありがとうございました。

女：はあ。

男：実は昨日、間違ってリンゴではなく、イチゴを送りしてしまいました。

女：あら。

男：すみません、改めてリンゴを送りいたしましたので、明日届くかと思います。イチゴは本日届きますが、配達のものに、注文していないと言っていただければ持ち帰りますので、よろしくお願いいたします。

女：はい。

男：ご迷惑をかけして、申し訳ありません。

男の人はイチゴをどうしてほしいと言っていますか。

A. 受け取って食べる。

B. 受け取らない。

C. 受け取ってそのまま預かる。

D. 受け取って後で送り返す。

[聴解 B]

次のテープの話しを聞いて、正しい答えをA、B、C、Dの中から一つ選んで、解答用紙のその番号に印をつけなさい。

では、始めます。

16. 男の人がパンフレットを見ながら話しています。どこで話していますか。

うちの希望ですか。そうですね。家族四人何ですが、子供とおばあちゃんがいるから、向こうは、駅から近いほうが、ね…とにかく、あんまり歩かないで行けるところがいいなあ。あ、これは駅までバスが迎えにきてくれるですね。…食事ですか。特に注文はありません。おばあちゃんがお風呂を楽しみにしているので、お湯のいいところがいいな。ああ、ここなんか、よさそうだ。

和室で、落ち着けそうですね。二食つきで、値段もそんなに高くないし…

男の人はどこで話していますか。
A. 不動産房です。　　　　　　　　B. 旅行会社です。
C. 駅の事務室です。　　　　　　　D. 温泉のホテルです。

17. 女の人は就職する時にどのように思いましたか。
会社を選びますか、あのう、よくいるでしょう? 自分にあった仕事をしたいっとか、自分の能力を活かせる職場でっとか言う人、これで、なんだかかっこいい見たいんだけど、私は、今の会社に入る時は、まったく逆だったんですよ、就職活動をしている間は、いろいろ迷ったんですけど、最終的にはね、こう思ったんです、なるべく楽しくなさそうな会社に入ろうってね。だってさあ、そうじゃなかったら、毎日の生活は会社ばかりになっちゃうそうじゃない? 私は仕事が終わったら、パッと遊びに行きたかったし、仕事の中で自己を発見するとか、自己らしい働くなんって言うけど、世の中、そんないい仕事ばかりあるわけじゃないしねえ。

女の人は就職する時にどのように思いましたか。
A. 毎日の生活は会社ばかりになるのは嫌だと思った。
B. 自分らしい働くのがとても格好いいと思った。
C. 世の中に楽しそうな会社はあまりないと思った。
D. なるべく楽しそうな会社に入ろうと思った。

18. 男の人は隣の人の何が一番迷惑だと言っていますか。
マンションの隣に引越していた女性のことご相談します、一人暮らし見たいんですが、引っ越してきたから、テレビの音がうるさい、ステレオボリュームが大きい、まあ、それは我慢できないこともないんですが、時々、キャキャとすごい声が聞こえるんで、ビックリするんです。どうも、テレビを見て野球かサッカーの応援している見たいって、その声が聞いたら、そりゃもう。とにかく～それだけ絶対辞めてもらいたいんですよ、友達がしょっちゅう来て、大声で話したり、煩くてね、ニコニコしていて感じが悪くない人なんですが、外で会った時なんか、閉口するくらい長々と挨拶するんで、迷惑しているんこと、彼女にどうやって伝えていただきたいんでしょうか。

男の人は隣の人の何の一番迷惑だと言っていますか。
A. テレビやステレオの音がうるさいことです。
B. 挨拶が長すぎることです。
C. 友達がしょっちゅう来ることです。
D. 声が煩いことです。

19. 女の人が天気の話をしています、雨はこれからどうなると言っていますか。

女：現在、東京中心に降り続いて雨ですが。今夜、十時に過ぎたころ、一旦上がるでしょ。ただ関東地方に近づいていて低気圧が、勢力を増していますので、夜明けまえから、再び強い雨と風になる恐れがあります。明日、お出かけの際には、十分ご注意ください。

雨は、これからどうなると言っていますか。
A. 今夜、遅くにはやみますが、明日は大雨になるでしょう。
B. 今夜遅くには大雨になりますが、明日はやむでしょう。
C. 今夜は、次第に雨が弱くなって、明日はやむでしょう。
D. 今夜から、次第に大雨になって、明日も大雨でしょう。

20. 男の人が話しています、地震のとき、二番に何をするように言っていますか、二番目です。

男：えぇ、今から、地震の注意をします、地震が起こったら、まず、火の始末をして下さい。それから、玄関やドアを開けて、出口を確保して下さい。アパートマンションにお住まいのかたは、避難するときは、エレベーターをやめて、階段をお使いください。ラジオでニュースを聞くのも大事ですね。

地震のとき、二番目に何をするように言っていますか。
A. ラジオを聴きます。　　　　B. エレベーターを乗ります。
C. 火を消します。　　　　　　D. 玄関のドアを開けます。

　　专项模拟二

[聴解 A]
次のテープの会話を聞いて、正しい答えをA、B、C、Dの中から一つ選んで、

解答用紙のその番号に印をつけなさい。

では、始めます。

1. 男の人と女の人が会社で話をしています。男の人はどうして頭が痛いのですか？

男：あーあー、頭が痛い。

女：ううん、そういえば、顔色も悪いし、最近仕事しすぎてるんじゃない？

男：いや、いつものことだし、仕事に負けるもんか。

女：あ、わかったわ。きっと、かぜだ。ほら、昨日寒かったから。

男：違う。

女：じゃ、何？

男：昨日、みんなと野球やって。

女：野球？

男：ううん、その後で飲み会があってさ。

女：あ、飲んだんだ！

男の人はどうして頭が痛いのですか？

A. かぜをひいたからです。

B. お酒を飲んだからです。

C. スポーツをしすぎたからです。

D. 仕事をしすぎたからです。

2. 男の人が女の人と学校の食堂で話しています。女の人が先に行くのはどうしてですか。

女：あ、もう12時57分なんだ。急がないと、授業が始まるよ。

男：おう、先に行って。このコーヒー、飲んでから行くから。

女：もう飲んでる時間なんかないわよ。持っていけば。

男：ええ？教室で食べたり飲んだりしちゃだめなんだよ。ちゃんと書いてあったじゃない。

女：ほんと？じゃ、捨てなさいよ。

男：そんなもったいないことできないよ。120円もしたんだよ。

女：あ、ベルが鳴ってる。お先に。

女の人が先に行くのはどうしてですか。

A. 男の人がコーヒーを飲んでいるからです。

B. 男の人がコーヒーを捨てに行くからです。

C. 男の人がコーヒーを教室に持っていくからです。

D. 男の人がコーヒーを買っているからです。

3. 二人の高校生が話しています。田中先生の授業の特徴として、内容とあっているのはどれですか。

女：田中先生の授業っていつも面白いよね。

男：うん、話がすぐ脱線するところがいいよね、でもおかげで、いつも試験の前にたくさん進まなくちゃなんなくて、大変なんだよ。

女：そうそう、でも憎めない先生だよね。

田中先生の授業の特徴として、内容とあっているのはどれですか。

A. 話しがすぐ難しくなること。

B. 話がよくつまないこと。

C. 話しがよく逸れること。

D. 話がとても早いこと。

4. 女の人は今までどんな目的で外国に行ったのですか。

男：ね、外国に行ったことある？

女：うん、あるわ。二回。

男：何しに行ったの。

女：最初は学生時代に半年英語を習いに行ったの。

男：へえ。で、二回目は。

女：二回目はね。会社に入ってから出張で十日くらい。でも今度は留学や仕事じゃなくて、観光で行ってみたいわ。

男：観光か、いいね。

女の人は今までどんな目的で外国に行ったのですか。

A. 観光と勉強です。　　　　　　B. 仕事と観光です。

C. 仕事と勉強です。　　　　　　D. 仕事と勉強と観光です。

5. 男の人と女の人が話しています。男の人は会議室の予約はどうしまし

たか。

　男：すみませんが、第一会議室を予約したいんですが、来週の火曜日の午後開いていますか。

　女：午後何時でしょうか。

　男：三時ごろから、二時間くらいかな。

　女：えぇと、三時から空いてるんですが、次の予約は四時半からなので。

　男：あぇ、そう。その前はどうですか、二時半とか。

　女：申し訳ないですが、第二か第三のほうなら、おとりできますが。

　男：第三はね、第二って広かったっけ？

　女：八名くらいなら。

　男：八名じゃね〜うん〜〜、じゃいいや〜一時間半でも。

　女：分かりました。

　男の人は、会議室の予約はどうしましたか。

A. 第三会議室を予約しましたか。

B. 第二会議室を予約しましたか。

C. 第一会議室を予約しましたか。

D. 予約しませんでした。

6. 男の人と女の人が話しています。男の人はなぜパーティーに出たくありませんか。

　女：今夜のパーティー出るの？

　男：うん、ちょっと気が進まなくてね。

　女：どうして、あっ、わかった。村田部長が来るからでしょう。昔、だいぶ厳しいと言われてたものね。

　男：それはむしろ感謝しているんだ、ずいぶん鍛えられたと思ってるよ。実は村田部長に借金しててね、それも結構な額なんだ。それがまだ。

　女：あぁ、そう。

　男の人は、なぜパーティーに出たくありませんか。

A. 村田部長にお金を貸しているからです。

B. 村田部長にお金が借りているからです。

C. 村田部長に鍛えられたからです。

D. 村田部長に厳しく言われていたからです。

7. ある夫婦が、子供の入学試験の結果について話します。奥さんは、どうして、怒っているのですか。

男：ただ今。

女：お帰りなさい、早かったわね。

男：うん。

女：昼間、会社に何回も電話したのよ。

男：何かあったの。

女：えぇ？ 今日かずおの。

男：あぁ、合格発表か、で、どうだった?

女：合格。

男：おぉ、そうか。

女：なに、それだけ? 貴方、それでも、父親なの?

男：もう、めでたいなあ。

女：あなた、あたしがどれだけ苦労したか、分かったの? もう、つきっきりで大変だったんだから。

奥さんは、どうして、怒っているのですか。

A. 大切な日に、夫の帰りが遅いからです。

B. 夫があまり、喜ばないからです。

C. 子供が試験に失敗したからです。

D. 何回も電話をしたのに、夫が会社にいなかったからです。

8. 二人の学生が話しています、男の人は最近授業でノートが取れないとき、どうするようになりましたか。

女：ね、経済原論の先生ってどう?

男：あの女の先生ね、素敵だよ!

女：そういうことじゃなくて。

男：あっ、失礼! そうだね、説明は分かりやすいし、親切だよ。ただ早口で、黒板の字が小さくて、時々ノードが取れないんだよね。

女：えぇ、それは困るね、そういう時どうするの。

男：最初は友達に聞いたり、自分で調べたりしてたんだけど、最近は授業の

後、先生に直接聞いてるよ、そのほうが早いし、それに、先生と話せるし。

女：あぁ、そう！実は来年、私もその授業を受けたいと思ってるんだ、また詳しく教えて、授業の内容について。

男：うん、いい。

男の人は最近、授業のでノードが取れないとき、どうするようになりましたか。

A．友達にノードを借ります。 　　B．自分で調べます。

C．友達に相談します。 　　　　　D．先生に聞きます。

9. 男の人と女の人が話しています。男の人がカラオケに行きたくない本当の理由は何ですか。

女：これからカラオケに行かない？

男：今日はちょっと一。このところ疲れているから。

女：何言ってんの。元気そうじゃない。最近カラオケっていうと「忙しい」とか、「風邪ひいたから」とか、いつも逃げるわね。カラオケ嫌いなの？

男：いや、そんなことないよ。本当はね、今月本を何冊も買っちゃって、余裕がないんだ。

女：あら、そうなの。じゃ、来月にしましょう。

男の人がカラオケに行きたくない本当の理由は何ですか。

A．忙しいから。 　　　　　　　B．體の調子が悪いから。

C．お金がないから。 　　　　　D．本を買いに行くから。

10. 男の人と女の人が話しています、男の人は部長のやり方についてどう考えていますか。

女：山田さん、どう思います、今度の部長のやり方、厳しすぎると思いませんか。

男：うん、どうでしょうね。

女：でも、あれじゃ、うまくいかなくなりますよ。

男：そうね。

女：山田さんはそうは思わないんですか。

男：まあ、厳しいことは厳しいけど、それ何考えがあるんじゃないの、部長

にも。

男の人は部長のやり方についてどう考えていますか。
A. 厳しいが、理解できる。
B. 厳しすぎるのでよくない。
C. 厳しいのでうまくいかない。
D. 厳しくないからいい。

11. 夫と妻が息子について話します、夫はこれからどうしますか。
妻：お父さん、ゲンイチね、会社で営業の売り上げが悪いって、皆の前でいじめられているらしいのよ。
夫：なんだ、会社でもそんなことがあるのか、信じられないなあ。
妻：それで、すっかりあの子元気がなくなっちゃって。
夫：そっか、じゃ、俺が会社にひとこと言ってやるよ。
妻：まあまあ、お父さん。そんな事したら、ゲンイチますます、居づらくなりますよ。
夫：それもそうだな、じゃ、パーッとあいつと飲みに行くか。
妻：それも逆効果よ。今、そっとしておくほうがいいんじゃない。
夫：そうか、あれももう大人だからな。

夫はこれからどうしますか。
A. 何もしません。 　　　　　B. 息子を叱ります。
C. 息子を励まします。 　　　D. 息子の会社に文句を言います。

12. 男の学生と女の学生が話しています。女の学生はどんなアルバイトが良いと考えるようになりましたか。
女：アルバイト捜してるんだけど、どこか良いところ知ってる。
男：どんなのが良いの。
女：家からあまり遠くないとこで、お金が沢山もらえるところ。
男：この辺じゃあ、アルバイト代安いよ。町まで行かなきゃ。
女：そうか。仕方ないね。お金のためだもん。
男：仕事は何でも良いの。
女：ケーキ屋さんが良いな。

男：そんなのうまくあるかなあ。

女：それもそうね。じゃ、何でも良いか。

男：時間は、いつでも良いの。

女：午後からが良いな。

女の学生はどんなアルバイトが良いと考えるようになりましたか。

A．ケーキ屋さんが良いです。

B．アルバイト代が安くても良いです。

C．アルバイト代が高ければ遠くても良いです。

D．時間はいつでも良いです。

13. 話の聞き方についてインタビューしています。男の人はどう考えていますか。

　男：私はですね、仕事柄いろいろな講演をよく聞いて勉強していますが、こんなふうに考えています。人の話は大体3分聞けばわかるんです。その話が聞くに値するかしないか、最初の3分で決めるんです。

　女：最初の3分で、いい話かだめな話しか決めるんですね。

　男：そうです。それでどうでもいい話の時は居眠りをすることにしてるんです。

　女：はっ。

　男：そのほうが疲れなくていいんですよ。

男の人はどう考えていますか。

A．人の話は3分聞くと眠くなります。

B．人の話は3分聞くと疲れます。

C．人の話は3分聞くとわかります。

D．人の話は3分聞くと勉強になります。

14. 室内には何人いましたか。

　男：椅子は二つで足りたんですか。

　女：えー。大人は座ってたんですが、それぞれの双子を連れてたんです。

室内には何人いましたか。

A. 二人いました。　　　　　　B. 四人いました。
C. 六人いました。　　　　　　D. 八人いました。

15. 男の人と女の人が話しています。女の人は鈴木先生に何と言われましたか。

女：あのう、田中さんですか。

男：はい。

女：実はこの本、鈴木先生から田中さんに返してくるように言われたんですが。

男：あ、そうですか。ありがとうございます。

女の人は鈴木先生に何と言われましたか。

A. 本を田中さんに返してきます。

B. 本を田中さんに貸してきます。

C. 本を田中さんに返してください。

D. 本を田中さんに貸してください。

[聴解 B]

次のテープの話しを聞いて、正しい答えをA、B、C、Dの中から一つ選んで、解答用紙のその番号に印をつけなさい。

では、始めます。

16. 男の人が話しています、登山はなぜ失敗したと言っていますか。

男：今回は我々が行けなかった理由です。そうですね、やはり今年異常な気候が原因だと思います。いつもの年より気温が高めでしたから、雪の状態がよくなかったですね、あ、体の調子ですか、ええ、それも全員問題がありませんでしたよ。あ、あのう、最後に、経済的に応援していただいた方々には、ほんとに、申し訳ないと思っています。

登山はなぜ失敗しましたか。

A. いつもより寒かったからです。

B. 具合が悪かった人がいたからです。

C. いつもより暖かかったからです。

D. 十分なお金がなかったからです。

17. ラジオのニュースです。今年のメロンの収穫についての話題です。今年の収穫はどうですか。

女：今年のメロンの収穫が今日から始まりました。この春先は雨が多く、気温の低い日が続いたため、一時はほとんど取れないのではないかと心配されていました。5月になってからは、暖かい日が続き、去年よりはいくぶん小さいながら、収穫量は去年とほぼ同じで、農家の人たちもほっとしているということです。

今年の収穫はどうですか。
A. 去年よりかなりいいです。　　B. 去年と大体同じです。
C. 去年よりだいぶ悪いです。　　D. ほとんど取れません。

18. 講演を聴いてください、この人は、これからのサラリーマンにとって、何が大切だと言っていますか。

男：皆さんのご存知のように、最近不況のため、希望退職を募る会社が増えています。対象は現在のところ、まだ、中高年に限られているようですが、このまま不況が進めば、たとえ若い人でも放り出しかねません、ですから、サラリーマンは日ごろから、それに備えておくことは必要です。従来のように、数が少ないポストを競って、ただがむしゃらに働くのではなく、組織から離れても、一人でやっていける、そういう能力を養い、人間関係や、人脈を日頃から大切しておくことが必要になると思います。

この人は、これからのサラリーマンにとって、何が大切だと言っていますか。
A. 一つの会社で、例年まで働き続けることです。
B. いつでも獨立できるように準備しておくことです。
C. 会社の仕事に役立つ能力を身に着けることです。
D. 早く出世するために社内の人間関係を大切することです。

19. 大学の改革のために、まず、何をしなければならないと言っていますか。

最近、大学生の気質が変わってきたというか、私の大学でも、授業中の私語が大きな問題になっています、や、授業中、隣の人とこそこそ話をすると言う

のが昔からあったことなんですが最近は、こそこそ話すのは勿論、授業なんかそっちのけなんですよ。いったい大学に来る目的はなんだと怒りたくなる事もしょっちゅうです、しかしですね、学生の方も、先生の話が魅力があれば、集中するはずです。教授の側にも大いに責任があるのではないでしょうか。教授、学生を引きつけられないようではダメですね。大学の改革は、まずこんなことから始められるべきだと思いますよ。入試のシステムやカリキュラムの見直しも、勿論必要ではありますが。

大学の改革のために、まず何をしなければならないと言っていますか。
A. 学生の私語をやめさせることです。
B. 大学に来る目的をはっきりさせることです。
C. 大学のシステムを改革することです。
D. 教授が魅力ある授業をすることです。

20. 男の人が話しています、男の人はタバコをどうするといっていますか。
男：やっぱりタバコをやめるべきだな、でもなかなかなあ。会社では禁煙になっちゃったから、せいぜいちょっと外に出て吸うしかないんだよなあ。うちには赤ん坊もいるし、しょうがないか。仕事のときはまだ自信がないなあ、ほんとは完全にやめたほうがいいんだよなあ、まぁ、まずはうちから始めることにするか。

男の人はタバコをどうすると言っていますか。
A. うちではやめる。　　　　　　B. 会社ではやめる。
C. 完全にやめる。　　　　　　　D. やめない。

　　专项模拟三

[聴解 A]
次のテープの会話を聞いて、正しい答えをA、B、C、Dの中から一つ選んで、解答用紙のその番号に印をつけなさい。
では、始めます。
1. 会社で、男の人と女の人が話をしています。男の人はこれからどうしますか。
男：ちょっと頭が痛いんだけど、何か薬をもってないかな。

女：大丈夫？家に帰った方がいいんじゃない？

男：うん、でも、まだ仕事が残っているから。レポートを終わらせなくちゃならないし、会議の準備もしなくちゃならないから。

女：大変ね。これ、いつも私が使っているお薬よ。よかったら、どうぞ。

男：あ、ありがとう。

女：じゃ、お先に。

男の人は、これからどうしますか。

A. 薬を買いに行きます。

B. 家に帰って薬を飲みます。

C. 家に帰って寝ます。

D. 薬を飲んで仕事をします。

2. 男の人と女の人が話をしています。女の人はなぜ怒ったのですか。

女：どう？私の服。見て。昨日買ったの。似合ってる？

男：ああ、いいんじゃない？（投げやりな感じで）

女：え？なによ、その言い方！なんか変？

男：イヤ。全然。

女：全然？

男：だからさ、いいんじゃないって言ったんだよ。

女：いっつもそう。私が何か聞いても、ちゃんと答えてくれないのよね！

男：だって、どうせ僕のカードで買ったんでしょ？

女の人はなぜ怒ったのですか。

A. 男の人が女の人の話に乗らなかったから。

B. 男の人は女の人の新しい服が好きではなかったから。

C. 女の人は男の人にカードを使われてしまったから。

D. 女の人は男の人に服が高いと言われたから。

3. 女の人と男の人が話しています。男の人は、何に一番驚いていますか。

女：大変！二階堂部長、来月退職だって。

男：えー？みんな慕（した）ってたのになあ～。

女：それがね、会社のお金、使い込んだのわかっちゃったんだって。

男：えっ? それが意外だなあ。

男の人は、何に一番驚いていますか。

A．部長が辞めることです。

B．みなが部長を好きだったことです。

C．部長が悪いことをしたことです。

D．部長がお金持ちだったことです。

4．男の人が話しています。この人今何をしていますか。

男：おー、〜悪い、山田、持つべきものは友だよな、来月の給料日はちゃんと返すからさ。

この人は今何をしていますか。

A．謝っています。

B．お金を貸しています。

C．お金を借りています。

D．スケジュールを説明しています。

5．男の人と女の人が電話で話しています。女の人はこの図書館に本を何冊返さなければなりませんか。

男：もしもし、こちら市立図書館ですが、めぐみさんいらっしゃいますか。

女：はい、私ですが。

男：あのう、お借りになってる「小鳥の歌」と「イタリア旅行の手引き」が期限を過ぎているんで、早く返していただけませんか。あっ、それと、スペインの民俗音楽のテープも早くお願いします。

女：あ、そうですか、すみません。あっ、あと、「コタちゃんの冒険」っていう本もそうですよね。

男：いいえ、それはうちじゃないと思います。

女：そうですか、すみません。今日すぐ行きます。

女の人はこの図書館に本を何冊返さなければなりませんか。

A．2冊です。　　　B．3冊です。　　　C．4冊です。　　　D．5冊です。

6. 二人が鳥について、話しています。メスの鳥はどんなことをしますか。

男：鳥が結婚相手を探すときの行動って、いろいろで面白いね。

女：そう？

男：メスの気を引くのに、家を作る鳥もいるんだってさ、知ってだ？

女：ううん。

男：木や草で作るんだけど、ガラスとか人工物なんか使うこともあるんだよ。

女：うん？？

男：色もなかなかきれいだね。

女：どんな色なの？

男：鳥によって、白とか青とか。

女：へぇ、芸術家なんだ、作るのは木の上？

男：いや、地面、門もあるんだ。

女：うん？

男：メスはいくつも家を見て回って、気に入ると、その中に入るんだってさ、楽でいいよな。

女：家付きか、いいなあ。

男：でも、オスが大変だなあ。

メスの鳥は、何をしますか。

A. 家と門を立てます。　　　B. 家の材料を集めます。
C. 家を見て回ります。　　　D. 家の色を決めます。

7. 男の人と女の人が話しています。誰が誰に電話しますか。

男：あっ、鈴木さん。

女：何？

男：さっき先生がね。

女：うん。

男：明日のこと、アリさんに電話しといてくれって。

女：うん、わかった、掛けとくわ。

誰が誰に電話しますか。

A. 先生がアリさんに電話します。

B. 先生が女の人に電話します。

C. 女の人がアリさんに電話します。

D. 女の人が先生に電話します。

8. 男の人は電話で歌舞伎のチケットの予約をしています。男の人が予約したチケットはいつのものでしょう？

女：もしもし、こちらは帝都劇場のチケットセンターでございます。

男：あのう、明日 11 月 29 日の歌舞伎のチケット、二枚欲しいですけど。

女：午前の部でしょうか、午後の部でしょうか。

男：えぇと、午後の部です。

女：お客様大変申しわけございません、午後の部の座席は全て予約ずみでございますので、午前しか空いておりません。

男：えーと、午前はちょっと無理だなあ、あさってなら時間があるけど、チケットに空きはありますか。

女：はい、その日は午前は予約でいっぱいですけども、午後なら少し座席が残っています。

男：じゃ、これに決めます。

男の人が予約したチケットはいつのものでしょう。

A. 11 月 29 日の午前のチケットです。

B. 11 月 30 日の午前のチケットです。

C. 11 月 30 日の午後のチケットです。

D. 11 月 29 日の午後のチケットです。

9. 男の人が話しています、新しいアルバイトの人はどんな人ですか。

男：なんだ今度アルバイトのやつ〜目上の者をなんだと思ったんだ。

アルバイトの人はどんな人ですか。

A. おしゃべりなひとです。　　　　B. 欲張りな人です。

C. 生意気な人です。　　　　　　　D. 年上の人です。

10. 男の人と女の人が話しています、誰が誰を送っていきますか。

男：あっ、小沢さん。

女：何？

男：先生がね。

女：うん。

男：明日、リエさんを空港まで送っていってくれないかって。

女：リエさんなら、田中君に送ってもらうことになってるって。

男：あ、それならよかった、先生に言っとくよ。

誰が誰を送っていきますか。

A．先生がリエさんを送っていきます。

B．小沢さんがリエさんを送っていきます。

C．田中さんがリエさんを送っていきます。

D．リエさんが田中さんを送っていきます。

11. 男の人と女の人が話しています。女の人が明日コンサートにいけない理由は何ですか。

男：明日のコンサート行かないだって。

女：うん、ちょっと行けなくなったの。

男：そういえば、もともとアルバイトだったもんね。

女：うん、でもそれより試験の準備のことでね。

男：試験って？

女：うっかりしていたけど、あさって英語のクラスでテストがあるの。

男：そうか、それは大変だね。

女の人が明日コンサートにいけない理由は何ですか。

A．明日アルバイトがあるからです。

B．明日試験があるからです。

C．あさって試験があるからです。

D．あさってアブバイトがあるからです。

12. 男の人が漫画を長く書き続けることができたのは、どうしてですか。

女：漫画大賞を受賞、おめでとうございます。お若い頃は画家志望でいらしたそうですね。

男：え、でも、絵の具を買う金に困って、あきらめざるを得なくなりました。

女：そうですか。でも、その後四十年間も漫画の世界で活躍できた原動力はなんでしょうね。

男：それは、プロじゃなかったからでしょう、気楽にやってこられましたからね。

女：これからは、どんな漫画をお書きになりたいんですか。

男：え、政治や会社のチクリと皮肉ってみたいですね。

女：楽しみしています、ありがとうございました。

男の人が漫画を長く書き続けることができたのは、どうしてですか。

A. 若い頃画家志望だったからです。

B. アマチュアだったからです。

C. 若い頃、お金に困ったからです。

D. 政治や会社の皮肉を描いたからです。

13. 二人の学生が学校で話しています。男の学生は明日の授業のために何をすればいいですか。

男：あっ、林さん、明日の授業、本読んでいけばいいんだよね。スピーチは来週だったよね。

女：あっ、英語の。

男：そう。

女：うん。後は物理の宿題、計算問題の。

男：あ、そうか。忘れてた。

男の学生は明日の授業のために何をすればいいですか。

A. 英語の本だけを読みます。

B. 物理の宿題だけをします。

C. 英語の本を読んで物理の宿題をします。

D. 英語の本を読んでスピーチの準備をします。

14. 男の人と女の人が話しています。二人はいつあいますか。

男：来週の午後、空いています?

女：ええと、来週って、もう九月ですよね。

男：ええ。

女：九月の水曜日は、ぜんぜんだめなんですよ。一日中。

男：月曜日とか、火曜日とかは、どうですか。

女：ええと、週の前半はね。今はお約束できないですね。

男：そうか、困ったな。こっちは、木、金が厳しくてね。じゃ、週末にまたご連絡しますよ。それで、何と時間を空けて。

女：そうですねえ。なるべく、月、火でお会いできるようにしてみますけど。

二人はいつあいますか。

A. まだわかりません。

B. 月曜日か火曜日に会います。

C. 水曜日に会います。

D. 木曜日か金曜日に会います。

15. 女の人が洋服を買った店について話しています。この店の余り良くないところはどこですか。

男：あれ？ その服、新しいね。

女：うん。駅の近くの裏通りに良いお店を見付けたんだ。

男：へえ。

女：店の見かけはそれほどでもないし、ショーウィンドーのディスプレーも地味なんだけど、広くてね。

男：へえ。

女：品物が揃っているのよ。値段もまあまあだし。それに何と言ってもお店の人が親切で、いろんな相談に乗ってくれるの。

男：最近そういう店、珍しいよね。

女：うん。

この店の余り良くないところはどこですか。

A. 店員です。　　　　　　　　　B. 商品の種類です。

C. 値段です。　　　　　　　　　D. 店の見かけです。

[聴解 B]

次のテープの話しを聞いて、正しい答えをA、B、C、Dの中から一つ選んで、

38

解答用紙のその番号に印をつけなさい。

では、始めます。

16. アナウンサーが大学生の就職に関する調査について話しています。今年、大学生は何を一番重視して会社を選んでいますか。

アナウンサー：皆さんは今、大学生が就職活動をするときに、何を基準にしてるか、ご存知ですか。今年の夏の調査では、技術力、将来性、社会への貢献度などの点が、昨年と同様に重視されているという結果が得られました。また、今年の新しい傾向としては、人の役に立つイメージがあるとして、福祉関連の企業を希望する学生が急速に増えてきたことです。このため、技術力と能力主義で昨年まで第一だったＡ社が、福祉関連の企業数社に抜かれる結果となりました。

今年大学生は何を一番重視して、会社を選んでいますか。
A. 技術力。　　　B. 能力主義。　　C. 将来性。　　　D. 社会貢献度。

17. 女の人がラジオで話しています、この人は、どんな農産物を作るべきだと言っていますか。

女：現在、日本の農業政策は、輸入製品の自由化に伴い、大きな転換期に立てると言います。今後、国産の農産物は、価格が少し上がったとしても、いっそうの安全性を考慮した高品質なものを目指すしかありません。そのためには、無農薬製品の推進など、新しい政策が必要です。

この人は、どんな農産物を作るべきだと言っていますか。
A. 多少高くても安全なもの。
B. 多少質が悪くても、安いもの。
C. 安くて質のいいもの。
D. 安くて安全なもの。

18. 経済評論家は四つの会社について話しています。投資するなら、どの会社が安全だと言っていますか。

男：ええ、自動車関連の四社についてお話したいと思います。A社は親会社の売り上げが落ちていて、部品注文が激減しているので、注意が必要です。一方B社は、不況の影響で、新車の販売台数は落ちているものの、ここ数年整

備や修理部門で、確実に実績を伸ばしており、安定した成長を見せています。またC社、業界大手の会社ではありますが、営業の多角化が裏目に出て、前年度により車の売り上げが伸びていますが、純益は大幅に落ち込みそうです、まぁ、ここしばらく様子を見たほうが安全でしょ。最後にD社ですが、外国資本ということもあり、予想できない要素が多く、なんともいえません。

投資するなら、どの会社が安全だと言っていますか。
A．A社です。　　B．B社です。　　C．C社です。　　D．D社です。

19．男の人は新型ロボットについて説明しています。この新しいロボットが今できないことは何ですか。
男：えぇ、今から、新型ロボットをご説明させていただきます。このロボットは食事を運んだり、掃除をしたり、ドアが開けたりできるので、病院でお役立つことは間違いないと思います。歌を歌うとか、話しかけたら答えるとか、そんなふうに患者さんたちに喜んでいただけるようにするが今後の目標です。

この新しいロボットが今できないことは何ですか。
A．食事を運ぶことです。　　　　　B．ドアを開けることです。
C．歌を歌うことです。　　　　　　D．掃除をすることです。

20．女の人が話しています、この人の娘さんは、この女の人を今どう呼んでいますか。
女：娘に子供ができたんです、可愛くてね、でも、子供が生まれたとたん、主人や娘まで、私のことお婆ちゃんって呼ぶようになったんです。私、まだ45歳なのに、私には美智子ってちゃんとした名前があるのに、誰も美智子さんって呼んでくれないんです。大きいママだから、オオママとでも呼んでもらおうかと話したりしてるんですが、まあ、私も娘のこと、お母さんなんて呼んでますから、しょうがないかもしれませんね。

この人の娘さんは、この女の人を今どう呼んでいますか。
A．お婆ちゃん。　　B．お母さん。　　C．オオママ。　　D．美智子さん。

专项模拟四

[聴解A]

次のテープの会話を聞いて、正しい答えをA、B、C、Dの中から一つ選んで、解答用紙のその番号に印をつけなさい。

では、始めます。

1. 男の人と女の人が話しています。女の人は、天気について何といっていますか。

男：わぁー寒いですね。

女：冬はこうでなくちゃね、あったかくちゃ、冬らしくなっていやですからね。

女の人は、天気について何といっていますか。

A. 寒いからいやだといっています。

B. 寒いからいいといっています。

C. 暖かいからいいといっています。

D. 暖かいからいやだといっています。

2. 山本さんは歯医者に電話で予約をしています。山本さんはいつ歯医者に行くことにしましたか？

受付：田中医院です。おはようございます。

山本：予約をお願いしたいんですが。

受付：いつがよろしいですか。

山本：できるだけ早くお願いしたいんですけど。できれば、今日の午後空いてませんか。

受付：少々お待ちください。（…）もしもし。

山本：はい。

受付：今日の予約はもういっぱいですね。ほかに予約できる時間は、明日の10時と午後3時、あさっての12時以降でしたら、空いていますけど。

山本：じゃ、一番早いところでお願いします。

受付：はい、分かりました。お名前をお願いします。

山本：山本です。

受付：山本さんですね。はい、分かりました。では、お待ちしています。

山本さんはいつ歯医者に行くことにしましたか。

  A. 今日の午後です。   B. 明日の午後3時です。

  C. 明日の午前10時です。   D. あさっての12時です。

3. 道で男の人と女の人が話しています。男の人はこのあとすぐ、どうしますか。

男：あれ、おかしいなあ、財布がない！ どこかで落としたのかなあ。

女：えーっ！ 大変。さっき入った店に戻ってみる？

男：いや、店出るときは持ってたから、途中で落としちゃったんだよ、たぶん。

女：そうか。で、いくら入ってたの？

男：現金は5千円ぐらいだから大したことないんだけど、それよりカードが…

女：ああ、銀行のカードね…じゃ、銀行に連絡しなきゃ。

男：いや、それもあるけど、心配なのはクレジットカードのほうだよ。

女：ああ、そうか。拾った人に使われちゃったら大変だもんね。じゃ、カード会社に連絡するのが先ね。それから交番に届けたら？

男：そうだね。そうするよ。

男の人はこのあとすぐ、どうしますか。

  A. さっき入った店に戻ります。   B. 銀行に連絡します。

  C. 交番に届けます。   D. カード会社に連絡します。

4. 母親と息子が話しています。息子はこれから何しますか。

女：ちょっとあんた〜ちゃんと職に就かないで毎日ぶらぶらしててどうするのよ！

男：仕方がないだろう、俺の芝居を認められるまで待ってくれるなあ、じゃ…

女：どこ行くのよ。

男：外で定食でも食ってくるよ、すぐ戻るよ。

息子、これから何をしますか。

  A. 食事に行ってきます。

B. 仕事に探してに行ってきます。

C. 劇の練習に行ってきます。

D. ぶらぶらしてきます。

5. 男の人と女の人が話しています。男の人は、どうして女の人が仕事をやめたいのだという結論になりましたか。

男：ようするに、この仕事をやめたいということでしょう。

女：違いますよ。やめるとは一言も言ってないじゃないですか。

男：言ってなくたって、あなた要求の内容を考えるとそうなりますよ。

女：要求じゃなくて、もっと仕事を効率的にするための提案ですよ。

男：でもね、それもう変えようがないです、最初からこの契約では、こちらが全ての指示を出すことになってるでしょう。今から、これを変えろと言われても無理ですよ。

女：でも、このままじゃ仕事が進まないんですよ。結果として仕事の期限に遅れることになるわけですよ。

男：いや、そういうことも全て納得して最初に契約したはずですよ。それを変えろということはもう、この仕事したくないということになるんですよ。

男の人は、どうして女の人が仕事をやめたいのだという結論になりましたか。

A. 女の人が仕事を効率的にしないからです。

B. 仕事の期限に遅れたからです。

C. 女の人が無理な要求したからです。

D. 契約期間が切れるからです。

6. 男の人が部下に話しています、男の人は計画についてなんと言っていますか。

男：この営業計画、すんなりいくかぁ、あらかじめ現場の連中にも話しといたほうがいいぞ。

女：あー、はい、わかりました。では、早速担当のほうに。

男の人は計画について、なんと言っていますか。

A. 事前に、実際にする人に話さないですすめていい。

B 事前に、実際にする人にも計画を伝えるべきだ。

C. 事前に、上の人の許可を取るべきだ。

D. 事前に、自分に話さなかったから、困る。

7. 女の人が同じ会社の人とレストランで晩御飯を食べています、女の人が帰る理由は何ですか。

女：あのう、そろそろ失礼します。

男：えー、もう帰るの? まだ九時ですよ、今日はもっとゆっくりしてもいいでしょう。

女：えー、でも今日みんなで出した提案、明日の会議で報告しなさいって部長に言われましたから、これから、その準備をしなければなりませんから。

男：あ、そうか、それじゃ。

女：はい、それじゃ、失礼します。

女の人が帰る理由は何ですか。

A. これから、会議の準備があるからです。

B. これから、会議があるからです。

C. 明日、会議があるからです。

D. 明日、会議の準備があるからです。

8. 男の人と女の人が話しています、女の人を旅行に誘ったのは誰ですか。

女：あら、田中さんのご主人。吉田です。

男：あー、どうも。

女：先日は有難う御座いました。奥様に。

男：あっ?

女：旅行に誘っていただきまして。

男：あー、いいえ、家内もご一緒にできて嬉しかったと言っておりました。息子も向こうでお目にかかったとかで、お話ができてよかったと言っておりました。

女：そちらこそ、どうぞよろしくお伝えくださいませ。

女の人を旅行に誘ったのは誰ですか。

A. 女の人のご主人です。　　　　　　　　B. 女の人の息子です。

C. 男の人の奥さんです。　　　　　D. 男の人の息子です。

9. 男の人と女の人が話しています、男の人が先生に貸したものは何ですか。

女：このお菓子どうしたの?

男：この間、突然雨が降ったとき、田中先生に傘をお貸ししたら、お礼にくださったんだ。

女：へぇ、よかったね。

男：うん、先週京都で国際会議があったとき、買ったお土産だって。

女：へえ、何の会議?

男：ほら、これだよ、世界環境会議、この資料も貸してくださったし、参考書も貸してくださったんだ。

男の人が、先生に貸したものは何ですか。
A. 傘です。　　　　B. 資料です。　　C. お菓子です。　D. 参考書です。

10. 二人の男の人が話しています、新しいアルバイトの人はどうな人ですか。
男1：今度のアルバイトのやつどうだい。
男2：うん、すごく飲み込みが早くて要領もいいな、目から鼻へ抜けるようなっていうのは、あんなやつのことを言うんだろうな。
男1：それはよかったね。
男2：ただ、なんていうか、あいつなれなれしいんだ。「課長元気」なんて言いながら、肩たたいてきたりするんだ。

新しいアルバイトの人はどうな人ですか。
A. 頭がいいが、礼儀正しくない。
B. 頭がよくて、態度もいい。
C. 頭が悪いが、仕事が速い。
D. 頭が悪いが、愛想がいい。

11. 男の人と女の人が買い物に行きました。誰が何を買いますか。
男：あっ、あのシャツいいな。おれこれ買おうかな。
女：ほんと。いいわね。あたしほしいなあ。

男：えっ、これ男のものだぜ。

女：だって、気に入ったんだもん。それに女の人が男物を着るのがはやってるんだから。

男：そんなもんかなあ。

女：ね、二人で同じものを買いましょうよ。

男：おれいやだよ、そんなの、恥ずかしいから。君買えば。

女：じゃ、そうするわ。

誰が何を買いますか。

A. 男の人が男物のシャツを買います。

B. 男の人が女物のシャツを買います。

C. 女の人が男物のシャツを買います。

D. 女の人が女物のシャツを買います。

12. お母さんと息子が話しています。息子は何が嫌だと言っていますか。

母：どうお、今の会社。

子：うん。皆仕事が好きな人ばかりで、活気があって良いよ。

母：んー、じゃあ、潰れる心配はないよね。

子：うん。それは安心してるんだ。

母：でもちょっと疲れてるんじゃないの。

子：うん。このところ二週間休みなし。

母：ひどいねえ。

子：それは良いんだけど。人事の仕事には向いてないようで疲れちゃうんだ。

母：そうなの。

息子は何が嫌だと言っていますか。

A. 会社の雰囲気です。　　　　B. 会社の大きさです。

C. 仕事の量です。　　　　　　D. 仕事の内容です。

13. 男の人がコンサートの券を予約しています。男の人が予約したのは何曜日の、いくらの券ですか。

女：はい、チケットセンターです。

男：あの、今度の土曜日のロックブラザーツのコンサートのチケットまだありますか。

女：土曜日はあいにく売り切れです。日曜日のならございますが。

男：じゃ、日曜日の券をお願いします。

女：S席とA席がございますが。

男：S席っていくらですか。

女：8000円ですが。

男：ああ、高いな。A席は。

女：5000円です。

男：じゃ、それにします。2枚ね。

女：はい。A席を2枚ですね。

男：そう。

男の人が予約したのは何曜日の、いくらの券ですか。

A. 土曜日の5000円の券です。　　B. 日曜日の5000円の券です。

C. 土曜日の8000円の券です。　　D. 日曜日の8000円の券です。

14. 女の人が男の人と話しています。女の人は次の日曜日に何をしますか。

女：ねえ、今度の日曜、暇？

男：いや、スーパーでアルバイトなんだ。

女：そうか。

男：何。

女：海に行かないかなと思って。

男：海って何しに。まだ寒いのに。

女：掃除。

男：それもアルバイト？

女：違うわ。ボランティア。市役所で募集してたんだ。

男：へえ。ただで働くの。

女：だって海がきれいだと、遊ぶとき気持ちいいでしょう。

男：偉いんだな。でも僕はいやだよ。遊びに行くついでならいいけど。

女の人は次の日曜日に何をしますか。

A. 市役所でアルバイトをします。

B. スーパーマーケットでアルバイトをします。

C. 海で掃除をします。

D. 海で遊びます。

15. 女の人がスカートを買いたいと思ってスーパーに行きました。スカートの売り場は何階ですか。

男：ご来店誠にありがとうございます。本日は1階食料品売り場ですき焼き用牛肉を特売しております。また2階衣料品売り場では、婦人用スカート。3階靴売り場では、子供用運転靴が大変安くなっております。さらに4階では、電気製品のセール中でございます。どうぞご利用くださいませ。

スカートの売り場は何階ですか。

A. 1階です。　　　B. 2階です。　　　C. 3階です。　　　D. 4階です。

[聴解 B]

次のテープの話しを聞いて、正しい答えをA、B、C、Dの中から一つ選んで、解答用紙のその番号に印をつけなさい。

では、始めます。

16. 男の人がお父さんの思い出を語っています。この人のお父さんの職業は何でしたか。

男：私にとっての父は、何か近寄りがたい存在で、小さいときは父を恐れていました。とても無口な人でした。私がモデルをさせられたこともあるんですが。そんなときも黙々と仕事に打ち込んでいました。あるとき、誰もいない仕事場にこっそり入ったことがあるんです。そこは、絵の具の匂いが充満していて、ありとあらゆる色があって、製作中の父の絵が中央に置かれていました。ふと、テーブルの上を見ると、ほこりにまみれた古いカメラがあったんです。で、思わず手を伸ばしたら、「こら」って恐ろしい声が後ろから響いて、振り向くと、部屋の入り口に父が立っていました。その表情が映画のワンシーンのように、いまだに頭に残っています。

この人のお父さんの職業は何でしたか。

A. モデルです。　　　　　　　　　　B. 写真家です。

C. 画家です。 D. 俳優です。

17. 女の人が話します、どんな人を探しています。

女：市民の皆様に迷い人についてお知らせいたします。77 歳の男性を探しています。身長は155センチぐらい、緑のシャツに青いズボンをはいています。お心当たりの方は市役所、または警察までご連絡ください。

どんな人を探していますか。

A. おばあさんです。　　　　　　B. おじいさんです。

C. 男の子です。　　　　　　　　D. 女の子です。

18. ラジオの電話相談で、アナウンサーは女の人の手紙を読んでいます、女の人の娘さんは、よく学校を休む、本当の理由は何ですか。

女：では、次のお手紙です。娘は中学三年になりますが、学校で試験など、自分の嫌だと思うことがあると、その前の日あたりから、落ち着かず、いらいらして、妹にあたったり、ないか理由をつけて、学校を休んでしまいます。先日の試験のときは、洋服にしわがあるとか、何とか言って休みました。お弁当を作ってくれないと言って、休んだこともあります。私は、風邪を引いたので、休ませますと学校に電話します。こういう娘の性格を直すには、どうしたらいいでしょうか。

女の人の娘さんは、よく学校を休む、本当の理由は何ですか。

A. 洋服が気に入らないからです。

B. よく病気になるからです。

C. お弁当を作ってもらえないからです。

D. 学校で、試験など嫌なことがあるからです。

19. 男の人が話しています、男の人はどんなランニングの計画を立てましたか。

男：健康のために、走るって決めたのにはいいけど、一週間に五十キロ走るっていうのはちょっと高すぎたかな、目標が。まっ、でも一日十キロなら、土日が休めるか。でも、毎日走ったほうがいいだろうなあ。月曜、火曜は十キロで、後はちょっとずつ、五日で三十キロなら一日六キロか、そうするか。

男の人は、どんなランニングの計画を立てましたか。

A. 毎日同じ距離を走る。

B. 土曜日曜だけ走る。

C. 土曜日曜は休んで、十キロずつ走る。

D. 二日間は十キロずつ、五日間は六キロずつ走る。

20. 男の子が話しています、お兄さんは、なんと言ったのですか。

男：この間の日曜日、お兄ちゃんにね、部屋を片付けようって言われたと思って、片付け始めたんだ。でもいつまでたっても、お兄ちゃんが来ない。それで、一人で全部片付けて終わってから、「どうしたの?」って聞いたら、ボクは「部屋を片付けろ」って言ったって言うんだ、あぁあ〜。

お兄さんはなんと言ったのですか。

A. 一緒に部屋を片付けよう。　　　B. 部屋を片付ける。

C. 部屋を片付けなさい。　　　　　D. 部屋を片付けるな。

専項模擬五

[聴解 A]

次のテープの会話を聞いて、正しい答えをA、B、C、Dの中から一つ選んで、解答用紙のその番号に印をつけなさい。

では、始めます。

1. 男の人と女の人が会社で話しています。男の人はどうしてお酒を飲みに行かないのですか。

女：あの、もしよかったらみんなで飲みに行きませんか。金曜日だし。

男：うーん、今日はちょっとやめておくよ。

女：あっ、デートですか。

男：違う違う。ちょっとかぜをひいたみたいなんだ。来週から出張だし、早めに治さないといけないから、今日は帰るよ。

女：そうですか。じゃあ、お大事に。

男の人はどうしてお酒を飲みに行かないのですか。

A. デートだからです。　　　　　B. 体の調子が悪いからです。

C. 出張の準備があるからです。　　D. 出張に行くからです。

2. 男の人が女の人と話をしています。男の人は女の人を何に誘いましたか。

男：ね、相撲見に行ったことある？

女：相撲ですか。テレビでしか見たことありませんけど。

男：じゃ、明日見に行かない？ これ、切符が二枚手に入ったんだけど。

女：いいですね。でも田中さんと約束してて、映画を見て、それから食事でもって言ってたんですけど。

男：その映画明日までってわけじゃないでしょう。この切符なかなか手に入りにくいんだから。

女：じゃ、田中さんに電話してみます。

男の人は女の人を何に誘いましたか。

A. 映画を見ることです。　　　　B. 買い物をすることです。

C. 相撲を見ることです。　　　　D. 食事をすることです。

3. 男の人が怒っています。どんなことを言っていますか。

男：もう、まったく、子供じゃあるまいし、これぐらい自分で決断したらどうなんだよ。

どんなことを言っていますか。

A. まだ子供なので、一人で決めてはいけない。

B. まだ子供だが、一人で決めるべきだ。

C. もう、大人だが、一人で決めてはいけない。

D. もう、大人なので、一人決めるべきだ。

4. 学生は先生のところへ相談に行って、何を頼みましたか。先生はどうして怒ったのですか。

学生：あの…

先生：はい。

学生：来週の試験のことなんですけど…

先生：えん。

学生：アルバイトがありまして。

先生：そう。

学生：試験を受けられないもんで。

先生：それで。

学生：追試をお願いできないかと思いまして…

先生：君、大学の勉強とアルバイトと、どちらのほうが大切だと思ってるんだね？

先生はどうして怒ったのですか。

A. 先生は学生に絶対にアルバイトをしないように言いたいのです。

B. 先生は学生に追試を受けることはできないと言いたいのです。

C. 先生は学生に勉強よりアルバイト大切にするように言いたいのです。

D. 先生は学生に勉強よりアルバイトのほうを大切にするのはよくないと
   いいたいのです。

5. 男の人と女の人が話しています。学生たちはなぜ笑いますか。

男：今日は学期の最初の授業だったんだけど、ある学生が、「先生カミが変です」って言うんだよ。

女：えー？

男：びっくりして、頭に手をやったら、学生たちが笑うんだよ。ははは、それでわかったのさ、カミといっても、プリントの意味だったよ。

学生たちはなぜ笑いますか。

A. プリントが変だったからです。

B. 男の人がプリントと髪の毛を間違えたからです。

C. 男の人の髪の毛が変だったからです。

D. 男の人がプリントを落としたからです。

6. 男の人と女の人が話しています。女の人はこの店についてどう思っていますか。

男：きれいな店だね、ここ。

女：そうね。

男：このシャツどうかな。

女：そうね、まーいいじゃない？

男：でもちょっと派手かなあ。

女：まあ、そういうこともないけど。

男：こっちの、こういう襟はどう？ この黒いシャツ。

女：まあ、一度着てみてもいいかもね。

男：どうしたの、もうちょっと相談に乗ってよ。

女：うん、なんかいまひとつね、ここ。

女の人は、この店についてどう思っていますか。

A. この店はきれいなので、いい。

B. この店で、買わないほうがいい。

C. この店で、もう一つシャツを見て買うのがいい。

D. この店で、シャツを買うのがいい。

7. 女の人は、嬉しがっています、それはどうしてですか。

女：アリさん、昨日ね、買い物に行って、娘と歩いてたのよ。

男：娘さんって良子さん？

女：そう、そうしたら、偶然、良子の友達とかいう男の子にあったんのよ。そうしたら、彼がね、お姉さんですかって。

男：兄弟だと間違えられたわけですね。

女：そうなの。

女の人は、どうして嬉しがってるんですか。

A. 自分が若く見られたからです。

B. 男の子に会ったからです。

C. 娘と買い物に行ったからです。

D. 友達だと思われたからです。

8. 女の人と男の人が話ています、男の人はどうして、テストに遅刻しましたか。

女：テストどうだった？

男：うーん…

女：難しかった？

男：そうでもなかったんだけど、時間が足りなくて、遅刻しちゃったから。

女：何で、寝坊したの。

男；いや、いつもの電車に乗り遅れちゃって、あーあ、駅でトイレなんか行か
なきゃよかった。
　　女：ついてなかったね。
　　男：うん。

　　男の人は、どうして、テストに遅刻しましたか。
　　A. 電車が遅れたからです。
　　B. まだ、電車がついてなかったからです。
　　C. 寝坊したからです。
　　D. 駅でトイレに行ったからです。

　　9. 女の人が男の人と一緒に服を選んでいます。女の人は、どんな服が好き
ですか。
　　男：そんなのはありふれてるんじゃない?
　　女：目立つの、いやなの。
　　男：えー、十分目立ってんのに、性格は。

　　女の人は、どんな服が好きですか。
　　A. 普通の服です。　　　　　　　　　B. 派手な服です。
　　C. 珍しい服です。　　　　　　　　　D. 個性的な服です。

　　10. 男の人と女の人が話しています。男の人は林さんが、今日どうすると
言っていますか。
　　女：林さん早く来ないかなあ。
　　男：やつは時間通りに来たためしがないんだよ。
　　女：でも、今日に限って遅刻ってことがないでしょう、きっと少しは余裕を
見てくるんじゃない?
　　男：いや、それはないな。
　　女：でも、予想に反して、ちゃんと来たりして。
　　男：いや、ちゃんと来ると思いきや、そうじゃないんだよな。

　　男の人は、林さんは今日どうすると言っていますか。
　　A. 約束の時間より、遅く来る。

B. 約束の時間より、早く来る。

C. 時間どおりに来る。

D. 今日は来ない。

11. 女の人は家からここまでどうやって来ましたか。

男：どうしたの、遅かったね。

女：ゴメンね、バス待ってたんですけど、なかなか来なくて。

男：今日は、どこも込んでるね。

女：うん、それで、一度家へ帰ったの、兄に車で送ってもらおうと思って。

男：同じことだっただろう、道路はダメだ、今日は。

女：そう、失敗、大通りに出たら、のろのろ運転でね、それで地下鉄の駅のところで降りたの。

男：始めから地下鉄すればよかったのに。

女：でも、駅からここまでずっとずいぶん歩くのね、あー疲れた、もっと近いかと思ってだから。

女の人は、家からここまでどうやって来ましたか。

A. バスと車できました。

B. 車と地下鉄できました。

C. バスで地下鉄できました。

D. 歩いてきました。

12. 男の人と女の人が話しています、今日はどんな天気ですか。

女：あら、山田さん帰ったんですか。

男：はい、足が痛むって、早く帰りました。

女：あぁ、前に怪我したところですか、寒さが続くとよくないって言ってましたからね。

男：えぇ、この頃、暖かい日が続いていたけれど、今日はね、それに、雨もよくないらしいんですよ。

女：あぁ、降りそうですもんね、大変ね。

男：ええ。

今日はどんな天気ですか。

A. 晴れで暖かいです。　　　　　　R. 曇りで寒いです。
C. 雨で寒いです。　　　　　　　　D. 曇りで暖かいです。

13. 男の人は、どの仕事をしていますか。

女：最近どう、忙しい?

男：忙しいって言えば忙しいんだけど、君は?

女：適当に、息抜きしてる、セールスで外出したついでにデパートに寄って買い物したりして。

男：営業なら、出ることが多いもんだね、僕は仕事が仕事だから、パンフレットとか、ガイドブックとか見て、けっこうプライベートな計画たってちゃったりするんだ。

女：そうか、仕事中、自分の休みの計画もできるわけ。

男：「地球の歩き方」とか「いいたび夢気分」とか見て、雑誌なんか広げて、予約電話まで堂々掛けちゃうんだから。

女：相当なもんね、お互いに忙しい振りして結構うまくやってるんだ。

男：芝居もうまくなるよね。

男の人はどの仕事をしていますか。

A. 俳優です。　　　　　　　　　　B. 印刷屋です。
C. 旅行会社の社員です。　　　　　D. セールスです。

14. 二人は何について話していますか。

女：来月からガスに電気に水道、それにタクシーって料金が上がるらしいですよ。

男：えー、公共料金もそんなに上がるの。

女：ええ。これじゃ、全然やっていけませんよね。

男：昇 給ゼロだったし、高速代は上がるし、ガソリン代はばかにならないし。

女：お肉だって、お野菜だって。

男：それにレストランで食べるなんて、できないよね。

女：これじゃ、生活できないわよ。

男：なんとかしてもらわなくちゃね。

二人は何について話していますか。

A. 旅行についてです。　　　　　B. 人生についてです。

C. 料理についてです。　　　　　D. 物価についてです。

15. 飛行機の中で旅行客同士が話しています。男の人はこれからどうしますか。

男：あの、これからちょっと寝ようと思うんですが。

女：でもあと30分で食事ですよ、食事の後にしたらいかがですか。

男：ええ。でもあまりおなかがすいてないんですよ。

女：食事は決まった時間にしたほうがいいですよ。

男：そうですね。じゃ、食事の時間になったら、起こしていただけますか。

女：ええ、いいですよ。

男の人はこれからどうしますか。

A. 寝ないで食事をします。　　　　B. 食事をした後で寝ます。

C. 寝た後で食事をします。　　　　D. 何も食べずに起きています。

[聴解 B]

次のテープの話しを聞いて、正しい答えをA、B、C、Dの中から一つ選んで、解答用紙のその番号に印をつけなさい。

では、始めます。

16. 女の人がある調査結果について話しています。アパートを選ぶ時、何が大事だと考える人が一番多いですか。

女：アパートを選ぶ時、何が大事だと考えるとかは、人によって違います。安いことが一番大事だと考える人もいるし、それより駅からの距離や家の広さが大事だと思う人もたくさんいます。でも、安全が大事だと考える人ほどは多くないということです。

アパートを選ぶ時、何が大事だと考える人が一番多いですか。

A. 距離です。　　B. 安さです。　　C. 安全です。　　D. 広さです。

17. 男の人はある地域の農業について説明しています、この地域では、農業と言うのはどういう意味ですか。

男；農業という言葉で表されてるものの概念を世界的に見てみますと、必ずしも一致しているわけではないといううことが分かります。私、三年間をかけて調査したこの地域では、いわゆる農業に家畜というもの存在が含まれていないんです。つまり、米や麦などの穀物を作ったり、それに野菜を作るということだけが、この地域で言う農業で、牛や馬を飼って、それを利用するということは、その中にははいってないんですよね。世界多くの地域では、植物の栽培と動物の飼育がセットになって農業と言われているんですが、この地域では、そうではありません。

男の人の説明してる地域では、農業というのはどういう意味ですか。
A. 穀物と野菜を作ることと、家畜を飼うことです。
B. 穀物を作ることと、家畜を飼うことだけです。
C. 穀物と野菜を作ることだけです。
D. 穀物を作ることだけです。

18. 女の人が、ある町について話します、この町の人口はどのように変化しましたか。
女：おはようございます。今日は、この町の一番新しい資料が手に入ったので、それについて話します。この町の人口は約五十万人です。人口の増減は昨年と比べて、マイナス29人でした。

この町の人口はどのように変化しましたか。
A. かなり減りました。　　　　　B. かなり増えました。
C. 少し減りました。　　　　　　D. 少し増えました。

19. 男の人が話しています、男の人が、車を使わなくなった、一番の理由は何ですか。
男：運転ですか、いや、この頃、やらなくなりましたね、実は医者に、車で通勤するのをやめて、電車で通おうと言われたんです。腰が痛くなって、病院にいったら、運動不足が原因だって言われちゃいましたね。まあ、駐車場がなかなか見つからないとか、新しい駅が出来て、多少勉強になったとか、ほかにもいろいろ理由がありますよね。それに、最近、宴会も多くなりましたね。

男の人は、車を使わなくなった一番の理由は何ですか。

A. 医者にすすめられたからです。

B. 駐車場が少ないからです。

C. 電車のほうが便利だからです。

D. お酒を飲む機会が増えたからです。

20. 飛行機の出発時刻というのは、どのときをいうのでしょうか。

飛行機の出発時刻というのは。飛行機が飛び立ち瞬間だと思っていませんか、飛行機は一度動いても、滑走路で長く止まっていたりすることもあるので、紛らわしいですが、実際は飛行機の車輪が動き始めたときなんです。電車やバスはドアを閉めるとすぐ動きますよね。だから飛行機もドアを閉めたときだと思っている人や、中には時刻表に載っている時刻だと思っている人もいるようですよ。

飛行機の出発時刻というのはどのときをいうのでしょうか。

A. 時刻表の載っている時刻です。　　B. ドアを閉めたときです。

C. 車輪が動き始めたときです。　　D. 地上から飛び立つ瞬間です。

参考答案

专项模拟一

1	2	3	4	5	6	7	8	9	10	11	12	13	14	15	16	17	18	19	20
B	D	A	B	D	D	C	A	D	C	D	C	A	D	B	B	A	D	A	D

专项模拟二

1	2	3	4	5	6	7	8	9	10	11	12	13	14	15	16	17	18	19	20
B	A	C	C	C	B	B	D	C	A	A	C	C	C	C	C	B	B	D	A

专项模拟三

1	2	3	4	5	6	7	8	9	10	11	12	13	14	15	16	17	18	19	20
D	A	C	C	A	C	C	C	C	C	C	C	B	C	A	D	D	A	B	C

专项模拟四

1	2	3	4	5	6	7	8	9	10	11	12	13	14	15	16	17	18	19	20
B	C	D	A	C	B	A	C	A	A	C	D	B	C	B	C	B	D	D	C

专项模拟五

1	2	3	4	5	6	7	8	9	10	11	12	13	14	15	16	17	18	19	20
B	C	D	D	B	B	A	D	A	A	B	B	C	D	C	C	C	C	A	C

二、阅读理解

（一）《基础阶段教学大纲》及《专业四级考试大纲》相关部分解读

2005 年，教育部根据《基础阶段教学大纲》里对基础阶段日语专业学生应掌握的单词、句型、表现方式等要求，重新修订了日语专业四级考试大纲。根据这一新版的《专业四级考试大纲》里的具体要求，日语专业四级考试中所设置的阅读理解部分，主要是测试学生在一定的阅读速度这一前提下，获取正确的文字信息之能力。要求考生能读懂日语原文材料，掌握所读材料的主旨和大意，了解文章的事实细节；要求考生不仅能理解字面意思，又能根据所读材料进行一定的判断和推论；要求考生在理解句子的基础上更能理解上下文的逻辑关系。针对这些要求《专业四级考试大纲》规定：本部分为多项选择题，由阅读理解一和阅读理解二两大题组成。两部分总分为 15 分。以下将针对这两部分题的题型及解题技巧作详细分析。

（二）题材和主要测试点

经历了 2005 年《专业四级考试大纲》重新修订之后，阅读理解的总分由原先的 20 分压缩为 15 分。变化的部分主要体现在阅读理解一上。由原先的 10 道问题浓缩为 5 道问题。修订后的《专业四级考试大纲》在阅读理解这部分作说明如下：本大题由数篇短文或长句组成，每篇短文或长句后有若干多项选择题。要求考生根据文章或长句内容从每题 4 个答案中选择一个最佳答案，共 5 道题。阅读理解二：本部分为一篇长度约 1500 字的文章，文章后有 10 道多项选择题，要求考生根据文章内容从每题的 4 个选择项中选取一个最佳答案。这一部分所选择的长篇幅文章多是涉及现在日本社会文化的问题点及日本人的感情。

总之，两部分阅读理解中对于文章的选材一般遵循以下原则：首先，题材广

泛,包括社会、文化、文学作品等内容,所涉及的背景知识应能为考生所理解。其次,文章体裁多样,包括记叙文、说明文、议论文等。再次,文章的语言难度中等,文中出现的基本词汇不超出《基础阶段教学大纲》词汇表中所规定的范围。主要测试点集中在对文章句子含义的理解;文章中出现的基础阶段某个单词在文中的具体含义;考察考生对文脉里前因后果的关系理解;考察考生对文中某些指代词所指内容的准确判断等。一言以蔽之,考察考生日语基础是否扎实。

(三) 真题题型分析(2005 年、2006 年、2007 年真题为例)

由于新版《专业四级考试大纲》是 2005 年制定的,相对的新版真题试卷也仅有 2005 年、2006 年、2007 年三份试卷。本书已将这三年的真题全版放入习题中,可供读者作全套自我模拟考试使用。故此处仅对这三年试卷里问题涉及典型的问题特征做简要分析,帮助考生了解出题者出题的偏向性。典型题型分析和解题技巧的讲解中,我们将多选用比同等考题略难的题作样本,题目难度略高才能更加突出技巧的特征,若例题过于简单,则反而不易凸现典型和技巧。

参照 2005～2007 年真题阅读理解部分的问题作逐一分析后我们不难发现,阅读理解部分问题的形式主要有以下几种:

根据前后文推测词或词组甚至短句的意思。这些意思有可能是一眼便可辨别的标准含义,也有可能是在上下文语境中的特殊含义。例如 2005 年真题里的第 82 题、第 83 题和第 84 题;2006 年真题里的第 73 题、第 78 题、第 79 题、第 80 题和第 85 题;2007 年真题里的第 75 题和第 79 题就属于这一类的问题。

我们以 2006 年 73 题为例,这道题为"①手術の日といっても例外ではなくと意味の近いのはどれか。"选项有四个,分别是"A. 手術の日にとても例外が多くて　B. 手術の日でもいつもと同じで　C. 手術の日しか例外が許させなくて　D. 手術の日だけ特別で"。面对这样的题,首先体会画线部分的句意"即便说是手术的日子也不例外",如果对基础日语知识掌握的牢固,那么这道题几乎可以直接判断出答案。如果没能很好地理解画线部分的意思,也可以通过观察其在文中的前后句推导出答案。前后文为:"ぼくが入院した病院は、完全看護制。たとえ親といえども、面会時間は三時から七時と決められていた。それは、①手術の日といっても例外ではなく、七時になると「後は私どもで面倒を見ますから、どうぞお引取りください」と両親ともに帰されてしまった。"画

线部分前文意为："我所住的医院是完全看护制。即便是父母,会面时间也被规定为三点至七点,手术的那一天也不例外。"其实,看到这里基本就可以得出答案了。如果考生因紧张而不敢确定自己是否理解正确,那么在画线部分之后,仍有提示句以帮助考生提高理解的正确性。即"手术的那一天也不例外,一到七点钟,'接下来由我们来照顾,所以请回吧',说着便让父母回去了"。可见手术的日子也和平时是一样的,故选 B。

指出某些词所指具体内容,这类题有的是直接给出指示词考察其指代内容,也有的是某个非指示词。这方面的真题有 2005 年真题里的第 71 题、第 78 题和第 81 题;2006 年真题里的第 77 题、第 81 题和第 83 题;2007 年真题里的第 72 题、第 73 题和第 76 题。

例如,2006 年第 81 题⑥その母とは次のどれか。

A. 娘に仕事を持ってほしいという母

B. 娘に一人で暮らしてほしいという母

C. 娘に早く結婚してほしいという母

D. 娘に早く独立してほしいという母

而原文节选如下:

私は親元を離れ、一人暮らしを始めたのは27歳の時だった。27と言えば決して早い独立の年齢ではない。それまでずっと親元にいたのは私の親が、ことに父親が女は結婚こそ一番の幸せ、と思っていたためで、一人暮らしをしつつ仕事で身を立てることなどもってのほか(注1)、と考えていたからだ。①それを変えざるをえなかったのは、②前の年の暮れ、私が独断で式の日取りまできまっていた結婚を、ただ嫌になったという理由だけで断り、親戚③中を巻き込んで大騒ぎをした挙句、親子の間が妙にこじれ(注2)始めたからであった。無理にでも結婚させる、という父と、嫌だ、と言い張る私の対立は家の中を暗くするばかりだった。

これ以上この家にはいられない。そう思ったのは私ばかりでない④らしく、独立の話を切り出すと、⑤父はしぶい顔でうなずいた。この先結婚もせず一人で生きていくのなら、しっかりした仕事をもたねばいけない。そのためには親に頼らず一人やっていくのが一番だ、と母が言い切ってくれたのだった。

引っ越しの朝、⑥その母が娘が不びんだ(注3)と泣いているのを庭にいて立ち聞いた。無理もないのだ。その頃私はイラストを描く仕事をしていてろくな収入を得ることもできなかったのである。

从这一部分文章我们不难看出第 81 题的四个选项内容本身都是合理的。那么究竟哪一个才是最适合的答案呢？这就需要注意观察,题干中画线的"その母"关键还得理解"その"在文中指示了什么内容。"その"这个词指涉的是前面的内容,所以考察这道题得看前面的句子,前句"そのためには親に頼らず一人やっていくのが一番だ、と母が言い切ってくれたのだった。"清楚地表明了母亲想让孩子独立的愿望,所以该题选 D。

针对上下文关系提问:一般的阅读理解考试这样的题多是考接续关系,日语专业四级也非常重视考察考生对前后句子的接续关系的理解,将此类问题集中起来以完形填空的形式加大分值。考虑到本章节是阅读理解部分,对接续词类的接续关系的考察我们只作总结性的介绍。故专业四级阅读理解部分中对上下关系的考察就不限于接续关系了,偏重于对文脉走向的理解。这一类的题目目前只在 2007 年真题里的第 74 题和第 77 题里见到。例如:

第 74 题问"②そのうち考えが変わってきたのは誰の考えか。"

A. 筆者　　　　　　　　　B. 寿司屋の若主人

C. 亡くなった父親　　　　D. 死んだ肉親の息子

这道题显然需要考生对前文充分理解,按前文的文脉走向得出答案。前文为:

私の知っている寿司屋の若主人は、亡くなった彼の父親を、いまだに尊敬している。死んだ肉親のことは多くの場合、美化されるのが普通だから、彼の父親追憶も①それではないかと聞いていたが、②そのうち考えが変わってきた。

故选择 A。

当然,对于这道题,我们还可以结合排除法,选项 B、D 所指的是同一人,故都可排除,A、C 两项里,答案就很明显了。

说明文中事件、人物行动的原因、理由或是目的。由于专业四级目的是考察日语专业学生基础阶段知识掌握是否牢靠。而关于原因、理由或是目的的提问更能有效的测试出考生对文章的理解程度。故此类题在 2005 年阅读理解中大量出现,2006 年和 2007 年就避免了问题形式种类不平衡的现象,仅在此类问题上设置了一道题。例如 2005 年真题里的第 72 题、第 73 题、第 74 题、第 75 题、第 76 题、第 77 题、第 79 题和第 80 题;2006 年真题里的第 84 题;2007 年真题里的第 71 题。

例如,2005 年第 72 题如下:

②付き合えるとあるが、何のために付き合うのか、最も適当なものを次から一つ選びなさい。

A. 水泳の練習　　　　B. 校庭開放
C. 夏休みの宿題　　　D. 原稿書き

这是一个关于目的的问题,看看前文是在讨论小女儿去游泳池练游泳的问题。妻子和长子都有理由不去,所以"能陪同的""只有我一人"。故选 A。

把握文章的主题及作者的观点等等。这类问题 2006 年真题里比较集中,其他两年较少。最标准的该类问题当属 2007 年的第 85 题。此外 2005 年真题里的第 85 题;2006 年真题里的第 71 题、第 74 题、第 75 题、第 76 题和第 82 题;2007 年真题里的第 78 题也有类似的因素。

2007 年第 85 题:

本文に述べられていることと最もよく合っているものはどれか。

A. 事物を調べて、それらの間にある関係を見つけることができるのは、「言葉」の「伝達」の働きによるものである。

B. 一般的な法則によって個々の具体的な事物の性質を説明する考え方は、人間に生まれつき備わっているものである。

C. 「言葉」は、無数のものごとをそれぞれに区別して指し示し、一つの言葉が表す意味は必ず一つと決められている。

D. 考えをいっそう深めたり、心を豊かにしたりするためには、「言葉」を正しく理解していくことが重要である。

解答这样的题目,必须对文章做整体性的理解和把握才能作出判断。这篇文章虽然四选项的内容都有涉及,但阅读了全文后便会发现,文章的主旨出现在最后一节,即强调单词学习的重要性,而前面所说的研究结果也好,单词与语法的关系也好都是为了引出这一结论而作出的论证。所以选 D。

通过以上分析,我们不难发现专业四级出题者们在阅读理解部分的出题上是追求不断创新、努力保持均衡的,这样有利于保证公平性。同时也对考生知识全面提出了更高的要求。

(四) 技巧介绍

1. 阅读步骤和影响阅读理解的要素分析

通常,拿到文章(特别是长篇阅读理解)我们可从以下几个方面有步骤的阅读:

文章的标题、作者、文章所附的单词注释、图形等；

↓

了解阅读的提问以判断读文章时的重点、必要时可圈画出问题里的关键词

↓

开始阅读文章，判断问题在文中的大致的位置，可圈画出关键的词句或解答要点

在这些阅读过程中配合适当的技巧无疑将会帮助考生有效地节省时间，提高正确率。

众所周知，在任何外语类考试中，影响阅读理解的要素无外乎几下几类词汇量。

影响阅读理解的几大"因素"
- 词汇量
- 对句型结构的把握
- 正确的阅读方法（本节将作具体介绍）
- 令人事半功倍的解题技巧（本节将作具体介绍）

其中，词汇量和句型属于基础知识，需要考生平时多下工夫记忆掌握。特别是日语专业四级考试，该考试主要考察学生的基础知识掌握的情况，所以在出题上偏重于针对学生对单词、句子、文脉的理解方面。因此，打好扎实的专业知识基础才是最好的技巧。当然，对于某些特征明显的问题，如指示代词提问等，在良好的专业基础知识之上掌握一些解题技巧可以让考生更快地更容易地作出正确选择，提高答题效率和正确率。以下我们将为大家提供一些解题技巧的说明。

2. 解题技巧的具体分析和专项训练

下面以各类问题为例试作进行解题技巧的说明和配套小练习。为帮助读者能切实有效地提高阅读理解能力，在例题和配套小练习方面所选的题比真题难度略高，这样在实战考试中才更容易取得好成绩。

第一类　指示词类说明

在日语专业四级考试阅读理解部分里，我们经常会见到类似这样的问题：文

中的"これ、それ、あれ；この～、その～、あの～"所指的内容是什么，即通过提问指代关系来考察应试者对文章脉络的理解。修订版《大纲》阅读理解部分关于指代词的提问有 2 题，分别是 71 题及 80 题。2005 年真题里涉及该类问题分别 75 题和 78 题；2006 年真题的 81 题和 83 题；2007 年出现在 73 题。

1) 指示词：专业四级考试中常见的指示词主要有以下几个类别：

Ⅰ "これ、それ、あれ"

Ⅱ "この～、その～、あの～" "こんな～、そんな～、あんな～"

"こういう～、そういう～、ああいう～"

Ⅲ "こんなに、そんなに、あんなに"

Ⅳ "このように、そう"

2) 指示类问题常见的提问方式：

「それ」が指す内容として最も適当なものはどれか。

「それ」は何を指しているか。

「そんな会議」とは、何についての会議か。等等

3) 指代内容的位置及解题方法：

指代内容出现在指代词的前面（方法：找出该指代词所修饰的中心词，在前文中找出与该中心词相同或相近含义的内容）

指代内容出现在指代词的后面（方法：找出该词所指代或所修饰的中心词，在后文中找出与该词相同或相近含义的内容）

指代内容出现在指代词的前后（可根据文章脉络、做综合分析归纳、总结找出指代内容）

下面让我们来看一个例子：

勇気ある言葉

遠藤周作

私の知っているすし屋の若い主人は、なくなった彼の父親を、いまだに尊敬している。死んだ肉親のことは多くの場合、美化されるのが普通だから、彼の父親追憶もそれではないかと聞いていたが、そのうち、考えが変わってきた。

問 「それ」が指す内容として最も適当なものはどれか。

1 死んだ肉親の追憶

2 死んだ肉親の美化

3 死んだ肉親への尊敬

4 死んだ肉親の厳しさ

正解：2

在这道题里,指代词"それ"所指代的内容是其前面的内容,即"死んだ肉親のことは多くの場合、美化される"。

下面不妨来练习一下:

働くということ

先日、…ある若い音楽ジャーナリストが、自分は何かになりたいと思ったことはない、ただ気が付いたらこんな職業に就いていた、とかたっているのに興味をひかれた。俺はこういうものになろうと思い定め、血のにじむような玄人練習を重ねて現在の地位を獲得した、などという話しとはほど遠い、いかにも現代風な自然な生き方として彼の語るところは納得できた。…つまり彼は、就職という定められた形を通してではなく、才能と努力と幸運によって今の地位を得ることができたのだろう。しかし普通の学生にとってはそれは望むべくもない。もしも何にもなりたくないと思っていれば、そのまま何にもならずに一生を終えてしまう可能性のほうがはるかに大きいに違いない。…

（黒井千次『働くということ』講談社）

問　「それ」が指す内容として最も適当なものはどれか。
1　音楽ジャーナリストになること
2　苦労と練習を重ねて地位を獲得すること
3　才能と努力と幸運によって地位を獲得すること
4　何にもならずに一生に終えてしまうということ

该题正解:3

第二类　接续词类的问题

在日语专业四级阅读理解中,常可见到一些填空题,而这类填空题通常是针对接续词设问的。接续词在日语中起到表明句子前后关系的功能,所以对这类词语提问可以考察应试者对文章理解程度。同样的道理,依据文中前后句子的关系,选择适合的接续词,也是我们做好整篇阅读理解的前提工作。真题中2005年该类题主要出现在完形填空里,如62、65、66题,2006、2007年真题也多是出现在完形填空里。这里一并介绍。

1) 关于接续词类问题的常见设问形式:
（　　）に入れる言葉を次の中から選びなさい。
（　　）に入れる最も適当な言葉はどれか。
（　　）にはどんな言葉を入れるのが適当か。

2) 接续词所代表的接续关系:
不同的接续词在句子间会建立起不同的关系,想做好接续词类题目,必须先

了解接续词所代表的接续关系。

表示事物发展的结果：

そのあげく/其结果、到最后　　　　　かくして/这样一来,就这样

けっきょく/结果　　　　　　　　　　ついに/结果、终于

とうとう/最终、到底、终于

表示条件所带来的结果：

そうすれば/这样一来的话　　　　　　そうしたら/这样一来

そうすると/这样一来　　　　　　　　それなら/如果是那样的话

表示原因引发的结果：

だから/因此　　　　　　　　　　　　ですから/所以

したがって/于是,因此　　　　　　　そのため/因此

そのけっか/结果……　　　　　　　　そのようなわけで/(那样的情况下)所以

表示进展：

すると/于是　　　　　　　　　　　　そこで/于是,后来

それで/之后、因此　　　　　　　　　それでは/那么

じゃ/那么、那样的话　　　　　　　　それなら/如果是这样的话

そうしたら/之后、所以　　　　　　　だったら/如果这样的话

表示结论：

なぜなら/如果问为什么的话　　　　　なぜかといえば/如果问为什么的话

だって/但是　　　　　　　　　　　　というのは/之所以这么说是因为……

それは/那是因为

表示让步：

そうしたところで/即便如此　　　　　それにしても/即便如此

だからといって/尽管如此　　　　　　そうはいっても/话虽如此

とはいうものの/然而　　　　　　　　とはいえ/虽然

表示意外：

だが/但是　　　　　　　　　　　　　しかしながら/但是

ところが/不过　　　　　　　　　　　それを/但是

そのくせ/尽管如此　　　　　　　　　いがいにも/意外的是

それにもかかわらず/尽管如此　　　　それどころか/岂知

それにしても/即便如此　　　　　　　それにしては/那样的话

表示对比：

一方/另一方面　　　　　　　　　　　逆に/相反

反対に /与此相反　　　　　　　　　　　～に対して /反之

表示并列、添加：

そのうえ /而且　　　　　　　　　　　しかも /同时、而且

おまけに /况且，加之　　　　　　　　それだけでなく /不仅如此

それどころか /岂止如此，还……　　　さらに /更，进而

表示选择、比较：

あるいは /或者　　　　　　　　　　　または /另外

それとも /或者　　　　　　　　　　　むしろ /倒不如说

そのかわりに /相反

表示说明、改变一下说法：

すなわち /即，换言之　　　　　　　　つまり /即，就是说

ようするに /总而言之

表示补充、追加：

ただ /不过　　　　　　　　　　　　　ただし /不过

もっとも /话虽如此，不过……但是　　ちなみに /顺便、附带

表示转换话题：

さて /那么　　　　　　　　　　　　　ところで /话又说回来……

ときに /话又说回来

下面我们来看这道练习：

反射的行動は知能ではない

　人間は環境に適応してうまく生きていくためには、子供にしろ、学生にしろ、あるいはまた社会人にしても、さらに一家の主婦でも一国の総理大臣でも、自分のおかれた状況を意識し、その中での自身の立場をよく知り、考え、それによって今どのように行動したらよいかを正しく判断することが求められます。この場合に動員される精神機能が、知能です。したがって知能には、直感とかひらめきのような瞬間的に心に浮かぶ判断力から、瞬間的にはわからないが、長時間熟慮の末にようやく一つの判断にたどりつく心の働きまで含まれることになります。

　（　　）、心の働きのみちすじや精神活動の手続きを踏まない本能的行動や動物本来の反射的行動などは、知能とはいえません。たとえとして、野生のサルが食べ物をさがして食べる行動を見てみましょう。

　問　（　　）に入れる言葉を次の中から選びなさい。

　　1　これによって　　　　　　　　2　この中で

3　これについて　　　　　　4　これに対して

　　我们经过阅读后发现,该文章前面一节主要介绍"知能"的定义和"知能"的类别。第二节介绍动物的本能和条件反射不属于"知能"。可以判断出,前后两节属于对比关系。

　　正解:4

　　下面不妨来练习一下:

　　〈とまどう〉という言葉は、もともと〈戸惑う〉と書いて、夜中に目をさまし、寝ぼけて方角を失い惑うこと、入るべき部屋、戸を忘れて迷うことの意味があります。人は、刻一刻、新しい扉を、自分で開けながら、（　　）、何かを捨てて、何かを選びながら、生きているわけだけれど、普段は、それを無意識に行っているので、あまり迷わない。しかし、夜中とか、旅先とか、日常の時間の流れが変わったとき、〈戸惑う〉という感じを強く持つものですね。

　　　　　　　　　　　　　　　　（五木寛之「生きるヒント」文化出版社による）

　　問　（　　）に入るもっとも適当な言葉を選びなさい。

　　　　1　つまり　　　　　　　　　2　たとえば
　　　　3　ただし　　　　　　　　　4　もっとも

　　该题正解:1

第三类　解释说明类问题

　　该类问题是指对文章中的某个画线的单词、短语或句子的含义进行提问。考察应试者对画线部分的理解程度。该类题型在历年考级题中都能见到。2005年 74、81、82、83、84;2006 年 71、72、73、75、77;2007 年 72、75、77、78、79等都属此类题型。

　　该类问题常见的设问方式:

　　「～」とあるが、どういう意味か。

　　「～」とあるが、どういうことか。

　　该类问题的解题法:

　　Ⅰ 看文中是否有直接解释型的句子。该类句子中含有常用的说明类词语,如:"～とは"、"～というのは"、"～のである"

　　Ⅱ 若文中无明确的解释型的句子,则需要应试者在文章中找出该画线的部分和它的前后文进行仔细地研究

　　下面我们看以下这个例子:

精神と肉体の調和

　　ギリシア時代、人間は精神と肉体の調和した発達を理想とした。機械文明

の進んだ現代においては、人間の精神と肉体とは切り離されてしまった。というよりも、人間自身が自己を喪失させまいとする努力から、心は肉体とは別に自由に飛翔できるように彼自らが願い、それが可能になった。精神の異常な状態が現代にあっては、かえって正常であり、健康であるわけである。

　　問　「精神の異常な状態」とはこの場合どんな状態か。

　　　　1　精神が肉体と調和した状態

　　　　2　人間が自己を喪失した状態

　　　　3　精神が肉体から切り離された状態

　　　　4　精神が自由を失った状態

　　说明：在这篇文章里，前文说"在希腊时代，人们以身体和精神的协调为理想"。"而现代，人的精神和肉体被分割开了"。"画线部分在现代反而是正常的"这样可以推论出画线部分是指精神和肉体被分开。故选 3。

　　下面不妨来练习一下：

暗い海暗い声

生島治郎

　　「こんばんは…」男は低くしゃがれた声でそう言うと、薄い唇をゆがめて笑った。

　　私は男のとなりに歩み寄って、同じように暗い海をみつめた。海はいつでも私をもの悲しい気分にさせる。海の中にいる誰かが呼んでいるような…

　　「いやな晩ですね…」と私は言った。

　　「そうですか…」男は骨張った長い指で髪の毛をかき上げた。

　　「僕はこんな晩のほうが好きなんですよ。なんとなく不気味で面白いじゃありませんか」

（「暗い海暗い声」『奇妙な味の小説』）

　　問　「そうですか…」の意味に最も近いものはどれか。

　　　　1　私もそう思います

　　　　2　私もそう思いません

　　　　3　私は夜が嫌いです

　　　　4　私も夜が嫌いじゃありません

　　该题正解：2

　　第四类　原因、理由类问题

　　该类考题是考察应试者对文章事物、事件的因果关系的理解。该类题目比较常考，但难度不是很大，可以较容易地从原因里找出答案。2005 年 72、73、

75、76、77、79、80；2007 年 71 题等属于此类题型。

此类问题常见的设问方式：

「～～」とあるが、なぜそうしたのか。

「～～」と呼ばれるのはなぜか。

此类题目的解题方法：

Ⅰ 寻找所问句子在原文前后，寻找提示因果关系的信号词。如：

から、ので、だけあって /正因为

(の)せいで /就是因为……（才有不好的结果）

～のかけで /因为……（才有好的结果）

～のあまり /由于过于……而……

そのため /因此	それで /因此
したがって /于是，所以	～からだ /因为
～ため /由于	なぜなら /如果问为什么

～というのは（～のだ /～からだ）/之所以

のだ /からだ /是～的缘故

Ⅱ 一些副词也可以反映出因果关系

やっと /终于	ようやく /好容易才，终于
どうせ /反正	せめて /至少
あんな /那样的	～とは /所谓
～なんて /～之类	やはり /果然
～てしまう /完全	～ざるを得ない /不得不……
～にすぎない /只不过……	～てくれる /给（我）……
～される /被……	～させられる /被迫……

Ⅲ 句子中的事实部分提示因果关系

以"～と、～たら、～たところ"等引导句子，多表示意外而吃惊等情绪，这类表示方法也可以反映出因果关系

下面让我们来看这个例子：

医者の卵

　Fさんは教師である。教えることは嫌いではない、知的な仕事であるのもいいが、もうすこし経済的にゆとりがほしいと思っていた。もっとも、誇り高いF先生である。そんなことは一度も口に出したことはなかった。ところが長男が大学進学で医学部を受けると言う。Fさんはおどろいた。ひそかに医者がよいと考えていたからである。幸い息子さんは合格していまは医者の卵

である。こどもは日ごろ親のいうことなんかきかれるか、とにくまれ口をき
くくせに、親の心のつぶやきには大変すなおに耳をかたむけ、その通りに
する。

（外山滋比古「似たもの親子」）

　問　「Fさんはおどろいた」のはなぜか。
　　1　長男が非常に難しい医学部の入学試験に見事に合格したから。
　　2　長男がFさんのすすめたとおり医学部を受けることにしたから。
　　3　長男がFさんのひそかな希望どおり医学部を受けることにした
　　　から。
　　4　長男が親のいうことなんかきかれるかとFさんの進めを無視した
　　　から。

　　説明：在这道题中问 F 为什么吃惊。在该句的后面句子中就出现了表示因
果关系的信号词（からである）。

　　正解：3

　　下面不妨来练习一下：

　　企業戦略においては、同質的な人材を多数丸抱えするよりも、多様な人材を
活用して事業展開を図っていくことが今後考えられよう。そうだとすると、
企業が求める人材も個性的な人材や創造力豊かな人材ということになるので
はないかと考えられよう。

　　しかし、労働省「平成7年雇用管理調査速報」によると、企業が新規大卒者に
ついて重視するのは（複数回答）、事務職（総合職）では「熱意・意欲がある」
（57.6％）、「一般常識・教養がある」（52.7％）、技術・研究職では「専門的知
識・技能がある」（60.7％）、「熱意・意欲がある」（51.2％）がそれぞれ上位とな
っている。これに対して、「創造力・企画力がある」は事務職で26.1％、技術・
研究職で28.7％、「ユニークな個性がある」は事務職で19.9％、技術・研究職で
8.1％にとどまっている。企業は以前として創造性や個性よりも熱意・意欲
を求めているようである。

（経済企画庁編『平成7年版国民生活白書』より）

　問　「企業が求める人材も個性的な人材や創造力豊かな人材ということに
　　なる」とあるが、なぜか。
　　1　今後企業は多様な人材を活用していくことが考えられる。
　　2　企業は、いつでも多様な人材を活用しているため。
　　3　企業は、熱意・意欲のある人材を求めているから。

4 今の企業では、多様な人材の方が多いから。

该题正解:1

第五类　其他细节类问题

除了前面提到的五种类别的题目之外,还有一些类型题,这些题型并不常考,所以我们放在一起介绍。

此类问题是针对文章的具体信息、如事实、时间、地点、例证等细节方面提问。

(1)解题方法:

Ⅰ 看文章前后附加的信息,如题目、作者、出处、标注等。同时要留意文章的叙述方式及一些时间地点等细节。

Ⅱ 看问题,可依据一些信号词,在文章中查找有关部分。

Ⅲ 根据句子结构寻找答案。

Ⅳ 根据文章结构寻找答案。

(2)我们来看下面这个例子

旅行に出かける理由

渋谷三

旅行に出かける理由はいろいろありますが、一番の喜びは、旅先での解放感ではないでしょうか。この解放感は、自分を知っている人が誰もいないという心理に起因します。

つまり、自分が恥をかいたり、失敗したり、あるいは、破廉恥なことをしても、そのことで後々困ることは起こらないと思うからです。

旅先にいる私は、家庭や職場の私ではなく、どこの誰か分からないような匿名性を持った、一人の人間なのです。

このように、自分を見詰めることを忘れ、他人から批判される懸念も薄れ、恥とか罪とかによる自己規制も弱まり、いつもならしないような行動をとることを、没個性化現象と言います。

こうした没個性化は、大勢の見知らぬ人々の中にいる時や群衆の中心にいる時、自分が誰だか人に分からないような時に現れます。

(渋谷三『心理おもしろ実験ノート』)

問 「没個性化現象」は、どんな時に生じるか。

1 解放感が失われた時　　　　2 自己規制が強まった時

3 匿名性が保たれている時　　4 批判される懸念が生じた時

说明，解决这道题，我们可以在画线部分的后面句子的时间状语中得到揭示，即"大勢の見知らぬ人々の中にいる時や群衆の中心にいる時、自分が誰だか人に分からないような時"故选择3。

下面不妨来练习一下：

自然と芸術

自然と芸術との関係は、決して単純ではない。一般に、「自然を写し、再現さすもの」と考えられている美術——特に絵画——の場合でさえ、そうだった。それというのも、ひとつには人間がすでに「自然の一部」であり、しかも「自然に向かって対立し、それを解釈する立場にいる存在」だからで、「自然」は決してあらゆる人間に同じものとして立ち現れるのではない。そうである以上、「自然を再現させる」とか「自然を忠実に写す」とかいっても、それはそれを行う芸術家の「自然」をどうみるかということときり離しては、あり得ないわけです。

（吉田秀和『人生を深く楽しむために』海竜社による）

問　この文章から、自然と絵画との関係はどのようなものだと考えられるか。

1　自然の一部として人間の前に立ち現れるものが絵画である。

2　あらゆる自然を絵画は忠実に写し、再現させることができる。

3　同じ自然を描いても、見る人によって異なってみえるのが絵画である。

4　絵画は描く人が自分も含んだ自然を解釈することに基づいている。

正解：4

（五）阅读理解专项模拟题（7套）

专项模拟一

読解一、次ぎの各文章を読んで、後の質問に答えなさい。答えはそれぞれA、B、C、Dの中から最も適当なものを一つ選んで、解答用紙のその番号に印を付けなさい。（1×5＝5）

【文章1】

コンピューターが出現するよりもはるかに以前から、人間が記号（シンボル）というものを発明し、その記号を一定の規則に従って操作することによっ

て物事を予測したり推論したりするようになっていた。それは、おそらく人類と呼ばれる生物が他の生物と際立って異なる、最も得意としてきた活動であろう。①それは、ほかならぬ人間の脳の重要な働きであり、人類の進化②、ますます発達してきた働きに違いない。

1. ①「それ」とは何をさすか。

    A. 記号

    B. 記号の発明

    C. 記号の操作

    D. 物事を予測したり推測したりすること

2. ②の下線の部分に何が入るか。

    A. にしたって   B. とともに

    C. として   D. によって

【文章2】

  二度目は、わたしが学校を卒えて、はじめて東京のアパートで二人の生活をはじめてから一年あまりたった去年の夏、父危篤の知らせをうけて、ほとんど着の身着のままであわただしく帰ったときであった。そのとき私たちは貧窮の最中にあって、旅費のたくわえもなく、その算段に手間どって、知らせを受けたときからまるまる二十四時間目に、やっと郷里へたどりつくことができたのであった。その一昼夜のおくれを気に病んで、帰りの車中、私たちは互いに一睡もできなかった。妻は父の存命を祈っていたが、わたしは間に合わぬと勝手にきめて、なにへともなく、しきりに腹を立てていたのである。

（三浦哲郎『忍ぶ川』による）

3. ①「その一昼夜のおくれを気に病んで、」とあるが、なぜ遅れたのか。

    A. 父の危篤の知らせが遅く届いてきたから。

    B. 故郷まで遠くて交通の便がよくないから。

    C. 旅費を工夫するため手間どったから。

    D. 妻が父の病気のために祈る時間が必要だから。

4. ②「なにへともなく、しきりに腹を立てていた」とあるが、筆者のどんな様子を表わしたか。

    A. 待ちきれず落ち着かない様子   B. 悔しくてたまらない様子

    C. 眠たくてしかたがない様子   D. 金銭的貧窮を嘆く様子

【文章3】

映画が発明された時、それが何に使えるのか誰にも分らなかった。もちろん、動物や人間の動きを記録するために発明された映画ではあったのだが、映画の発明者たちは、①それ以外の使い方を考えてもみなかった。もし使われるとしても、生前の家族や知人の姿をとどめておくための記録の手段として使われるだろうと考えていた。

5. ①「それ」の指していることばはどれか。

    A. 映画　　　　　　　　　　　　B. 姿の記録

    C. 動きの記録　　　　　　　　　D. 知人の記録

読解二、次ぎの文章を読んで、後の質問に答えなさい。答えはそれぞれA、B、C、Dの中から最も適当なものを一つ選んで、解答用紙のその番号に印を付けなさい。(1×10＝10点)

私たちが物を食べたとき、その前と後で私たちの体重はどのように変化するのだろうか。たとえば、いま100gのくだものを食べたとして、体重は何グラムふえるだろうか。答えは100gである。当たり前じゃないかと怒ってはいけない。それは食べたすぐ後の話なのだ。では、食べてから時間がだったらどうなるだろうか。

今から380年ほど前、あるイタリアの学者が、食べ物の重さと体重の関係を知るために、自分の体を使って体重の変化をこまかく調べた。まず、人間が乗ることのできる大きなはかりを特別に作り、その上に何日間も坐り続けて、①食べたり飲んだり、大便や小便をしたりした。そして、そのたびに体重の変化をていねいに計って調べたのである。

最初、その学者が考えたのは、食べたり飲んだりした物の重さから、外に出した大便や小便の重さを単純に引き算した分だけ体重はふえるだろう、ということだった。ところが、実験をしてみた結果、(A)彼が考えていたほど体重は増えなかったのである。彼は実験に間違いがあったのかもしれないと思って何回もやりなおしてみたが、結果はやはり同じだった。②彼は困ってしまった。おそらく、食べ物や飲み物の一部は、何か目には見えない物となって体の外へ出て行ってしまったのだろう、結局、彼はそう考えた。そう彼は③間違っていなかった。

では、④その目に見えない物となって出て行ったのは何か。一つは汗である。人間の体からは、たとえじっとしていても、一日に1kg近くの汗が外に

出ていく。この汗のことについてはイタリアの学者も考えていた。もう一つは息を吐くときに出る炭酸ガス、つまりCO_2だ。これは彼の時代よりずっと後になって、あるイギリスの学者が調べたことだが、体重 68 kg の人は一日に約 0.7 kg の酸素(O_2)を取り入れて約 0.82 kg のCO_2を出しているという。つまり、人間の体重は呼吸をするだけで、一日に約 0.12 ずつ減っていくことになるわけである。

　大変な苦労をして実験をした学者も、残念ながら、このことにまでは気がつかなかった。そのころは、空気はただ空気とだけ考えられていて、O_2やCO_2などいろいろな気体からできているとは考えられていなかったからである。

1. ①「食べたり飲んだり、大便や小便をしたりした」とあるが、だれがそれをしたのか。

　　A. 実験をたのまれた人　　　　B. 実験を手伝った人

　　C. 実験を見ていた人　　　　　D. 実験をした人

2. ②「こまってしまった」とあるが、なぜ困ってしまったのか。

　　A. 計算するのが大変だったから。

　　B. 期待どおりの結果が出なかったから。

　　C. 実験に間違いがたくさんあったから。

　　D. 何日間も動くことができなかったから。

3. ③「間違っていなかった」とあるが、何が間違っていなかったのか。

　　A. 彼が考えたこと　　　　　　B. 彼が困ったこと

　　C. 彼が怒ったこと　　　　　　D. 彼が気がつかなかったこと

4. ④「目に見えない物」とあるが、それは何か。

　　A. 食べ物や飲み物　　　　　　B. 大便や小便

　　C. 汗とCO_2　　　　　　　　　D. 気体とO_2

5. 「これ」に含まれた内容として適当なものは、次のどれか。

　　A. イタリアの学者が考えたこと

　　B. 1 日に約 1 kg の汗が外に出ていくこと

　　C. O_2を取り入れ、それ以上の重さのCO_2を出していること

　　D. 体重 68 kg の人は体重が増えつづけること

6. ここで⑥「学者」というのは、何を調べようとした学者のことか。

　　A. 食べ物と体重の関係　　　　B. 呼吸と体重の関係

　　C. CO_2とO_2の関係　　　　　　D. 汗と呼吸の関係

7. ⑦「このこと」とは何のことか。

A. 体重 68 kg の人は体重が少しずつへること

B. 私たちのまわりにはく空気があること

C. 呼吸をするだけで体重がへること

D. 空気がただの空気であること

8. (A)「彼が考えていたほど体重は増えなかった」とあるが、それはなぜか。文章全体から考えて答えなさい。

A. 食べた後で体重を計ったから。

B. 目に見えない物の計算が出来なかったから。

C. 彼の計算に間違いがたくさんあったから。

D. 彼はあまり汗をかかなかったから。

专项模拟二

読解一、次ぎの各文章を読んで、後の質問に答えなさい。答えはそれぞれA、B、C、Dの中から最も適当なものを一つ選んで、解答用紙のその番号に印を付けなさい。(1×5＝5)

【文章1】

人は生まれた時は裸で。何も持っていない。人性の出発は確かに平等のように見えるが、本当に平等なのだろうか。

例えば、金持ちの親から生まれたら、金持ちから出発することができるし、金の苦労はあまりしないだろうと思う。反対に、貧乏な家に生まれた子供は、貧乏から出発しなければならない。金持ちの子供の数倍の苦労をするかもしれない。欲しいものも買えないかもしれないし、学校にも行けないかもしれない。たぶん、どうして自分は貧乏なのか、貧乏は嫌だと言うだろう。しかし、貧乏な家が嫌だからといって、金持ちの家に引っ越すこともできない。これは運命なのだ。

結局、子供は親の持っている環境から出発する以外に方法はないのである。その点では、人間は決して平等ではない。

本文の要点を簡潔にまとめた文はどれか。

1. A. 人間は平等のように見えるが、本当は生まれた時から不平等なのだ。金持ちの家に生まれれば、金持ちから、貧乏な家から生まれたら、貧乏から人生を始めなければならない。

   B. 世の中には金持ちもいるし、貧乏な人もいる。しかし、人間は生まれた時から、金持ちだったのではないし、貧乏だったのでもない。

生まれた時は皆、裸だった。だから人は皆平等である。

  C. 人間は元々平等なのだから、金持ちの人は貧乏な人を学校に行か
せたり、欲しいものをかってやったりして、いろいろと助けなけれ
ばいけない。これが人の運命である。

  D. 貧乏な人は初めからいろいろなハンディキャップ(不利条件)があ
るから、金持ちの数倍の努力をしなければならない。そうしない
と、いつまでも金持ちにはなれない。

【文章2】

独断と偏見に満ちた未来予測を一つ述べてみましょう。

日本人は、来世紀には平均年齢が九十歳を越え、八十歳までは働くようにな
り、また①でしょう。若者の数が極端に減って、老人大国になるからです。医
療は進みますからほとんどの病気はなくなりますが、脳の老化現象はやはり
避けられず、その介護には、もしかすると介護ロボットが活躍するかもしれま
せん。超々性能の知能ロボットが、病院だけでなく、家庭や職場に入り込ん
で、よいアシスタントを務めるでしょう。たぶん、彼らはマイ・カーと同じに
②マイ・ロボなどと呼ばれるかもしれません。

  2. ①の下線の部分に何が入るか。

    A. 働きつつある   B. 働かずにいられない

    C. 働かざるをえない   D. 働きかねない

  3. どれが②「マイ・ロボ」になるか。

    A. タクシーの運転をするロボット

    B. 病院で病人の介護をするロボット

    C. 家政婦というアルバイトをするロボット

    D. 自分の助手をするロボット

【文章3】

幼いころから、鏡が苦手だった。

特に、学校の廊下の突き当たりや、階段の踊り場などにかけてある大鏡に当
惑した記憶がある。

数え年で四歳の時ポリオを患い、左足にマヒが残っていたからである。鏡
に近づいていくと、だんだん大きくなっていく跛行する少年の姿が迫って
くる。

鏡に映る自分を見ないわけにもいかない。それは、かくあるべきと思う自分の姿とは、はるかにかけはなれたものである。

　そういう時、②自分は一生の間、絶対におしゃれなどしないぞ、と心に誓った。この姿を糊塗することなど、できるわけがない。生半可なことをすれば、かえってみっともない。そのままの姿をさらけだして生きるのがいちばん潔い態度だと思った。

4. ①「鏡に映る自分を見ないわけにもいかない」のはなぜか。その説明に合わないものを選びなさい。

A. そこにかけてある鏡を取り除くことができないから。

B. 真実から目をそむけるわけにはいかないから。

C. みっともない姿は自分のほんとうの姿なので、その現実から逃げるわけにはいかないから。

D. いつまでも夢の中で生活するわけにはいかないから。

5. 主人公はどんな気持ちで②「自分は一生の間、絶対におしゃれなどしないぞ、と心に誓った」のか。

A. くやしい

B. 苦しい

C. 悲しい

D. 本来の自分と真面目にむかう断固たる決意

　読解二、次ぎの文章を読んで、後の質問に答えなさい。答えはそれぞれA、B、C、Dの中から最も適当なものを一つ選んで、解答用紙のその番号に印を付けなさい。（1×8＝8点）

　人間らしさとは何か、人間らしく生きるにはどうすればよいかといった問題は、おそらく人類の歴史を通じて常に人々の心を悩ませてきたに違いない。しかし、この科学技術の発達した現代に至っても、その問いに対する答え方にはほとんど進歩が見られないように思われる。いやむしろ、最先端の科学技術の成果を目の前にして、われわれの心はますます①混迷を深めていると言えるかもしれない。

　かつて「鉄腕アトム」が登場した頃、われわれはあのような「人間らしい」ロボットというものに対して何ら疑問を抱くことはなかった。当時はまだ、機械が自分で考えてしゃべるなどということはほとんど夢に等しかったように思う。現実に存在しないものを創造し、いろいろな夢を託すことは楽しい。

例え10万馬力でも足からジェットを吹き出しても、アトムはたしかに人間らしくふるまい、人間らしい心をわれわれにみせて感動を与えてくれたのである。現実の生活から離れた自由な想像の世界の中では、「人間らしさ」は生き生きとはばたくようにさえみえる。

（②）、いまやコンピューターの進歩のおかげで、みずから考えるロボットが現実のものとなりつつある。ロボットに限らず、さまざまな「考える機械」が出現して日常生活とかかわりをもつ時代を迎えようとしている。そのような機械が、人間に幸福をもたらすものでなければならないことは当然であろう。人間らしい生き方を妨げるようなものであってはならない。そこで、あらためて「人間らしさ」とは何なのかという問い直しが必要とされるようになった。ただし、科学技術が相手である。答えは明確でなければならない。

われわれは、しばしば現実の問題に直面したときに、「人間らしさ」がいかにつかみどころのないものであるかを知らされる。病気になやむ人、障害のある人、寝たきりの老人などを目の前にして、人間らしい生き方を論ずることは非常にむずかしい。遠くからは生き生きと見えていたはずなのに、近づいて手に取ろうとするとまるで逃げ水のように③去ってしまう。科学技術の進歩を目の前にした今、われわれは人間の心にかかわる基本的な問に対して、明確な答えが見だせないことをあらためて知らされたのである。

認知科学は、④このような「人間らしさ」の問いに「人間の知」という側面から答えようと試みる。いうまでもなく、人間らしさは「知」のみにあるわけではない。「知情意」といわれるように、感情や意志も無視するわけにはいかないのは当然である。しかし、⑤それらは「知」と密接に結び付いているはずであり、「知」を知ることによりおのずから明らかになって来るのと期待される。⑥このような試みが成功するか否かは今後の発展を見なければわからないが、すくなくとも現代科学の新しい挑戦であるということはできよう。

1. ①「混迷を深めている」とあるが、何が混迷を深めているのか。
   A．人間らしさとは何かという問いに対する答え
   B．どう人間らしい機械を作るかの問いに対する答え
   C．どう答えるロボットを作るかの問いに対する答え
   D．どうやって人間に幸福をもたらすかの問いに対する答え
2. （②）の中に何を入れるか。
   A．そのうえ　　　　　　　　B．したがって
   C．ところが　　　　　　　　D．すなわち

3. ③「去ってしまう」のは誰か、または何か。

    A. 病気に悩む人たち　　　　　　B. 人間らしさの答え

    C. 科学技術　　　　　　　　　　D. 現実の問題

4. ④「このような『人間らしさ』」とあるが、何を指すか。

    A. 幸福をもたらすような人間らしさ

    B. 生き生きとしている人間らしさ

    C. 感動を与えてくれる人間らしさ

    D. 実体が把握しにくい人間らしさ

5. ⑤「それは」は何を指すか。

    A. 認知科学　　　B. 感情や意志　　　C. 人間の知　　　　D. 人間らしさ

6. ⑥「このような試み」は何か。

    A. 自分で答えるロボットを作る試み

    B. 幸福をもたらすロボットを作る試み

    C. 人間らしい生き方を論ずる試み

    D. 人間らしさを「知」の側面から考える試み

7. 筆者は人間らしさを知識で説明できると考えているか。

    A. 知の側面を考えることで説明できるかもしれないと考えている。

    B. 知の側面だけを考えても説明できないと考えている。

    C. 知の側面を考えても説明できないかもしれないと考えている。

    D. 知の側面を考えることで説明できると考えている。

8. この文章に題をつけるとすれば、つぎのどれが最も適当か。

    A. 消えてしまった人間らしさ

    B. 「考える機械」と「人間らしい機械」

    C. 現代科学の諸問題

    D. 認知科学が目指すもの

专项模拟三

　読解一、次ぎの各文章を読んで、後の質問に答えなさい。答えはそれぞれA、B、C、Dの中から最も適当なものを一つ選んで、解答用紙のその番号に印を付けなさい。(1×5＝5)

【文章1】

　科学技術の進歩は目を見はるものがある。特にテレビの出現は我々の生活を一気に変革した。日本では昭和34年の皇太子ご成婚、昭和39年の東京オ

リンピックの二つの大イベントはテレビの普及に非常に貢献をした。

テレビの最大の特徴は、戦争でも、自然災害でも、大統領の葬式でも、世界中のあらゆる出来事をリアルタイムで我々に見せてくれることである。いろいろなところへ行かなくても、相手が来てくれるのである。つまり、我々は①いながらにして世界中の出来事を見ることができるのである。

反面、テレビは家庭から団らんを奪ったとも言うことができる。テレビがない時代は、みんなご飯を食べながら、おしゃべりに花が咲いた。しかし、テレビが茶の間に来てからは、みんなテレビを見るようになってしまった。話をしたらテレビの音が聞こえないので、自然に会話はなくなる。

テレビは我々を幸せにしてくれたのだろうか。それとも…

1. ①「いながらにして」はどういう意味か。

　　A. テレビの前にすわっていなくても。

　　B. テレビの前にすわったままで。

　　C. テレビの前にすわっていなければならないので。

　　D. テレビの前にすわろうとして。

【文章2】

現代人は宵っぱりの朝寝坊になり、勉強は夜がふけてからでないとできないという学生も増えている。早起きといえば老人くさいと笑われる始末である。しかし、こと私自身に関する限り、朝の頭脳の方が夜よりも優れているようだ。夜さんざん考えても、いい知恵は浮かばない。「だめだ。明日の朝にしよう。」と思う。(a)という諺がちらっと頭をかすめるが、それをふりきって寝てしまう。翌朝もう一度挑んでみる。すると、あんなにやっかいに見えた問題が苦もなく片づいてしまうのではないか。(b)。

2. (a)に入る文として適当なものはどれか。

　　A. 今日できることを明日に伸ばすな。

　　B. 明日は明日の風が吹く。

　　C. 早起きは三文の得。

　　D. 果報は寝て待て。

3. (b)に入る文として適当なものはどれか。

　　A. 私は宵っぱりの現代人の例外ではないのだ。

　　B. やっぱり、これはやっかいな問題なのだ。

　　C. 昨夜もうすこしがんばればよかった。

D．やっぱり私は朝がいい。

【文章3】

　　現代社会では、組織というのは、ひとりひとりを包み込んでくれる帰属の対象なんです。ですから当然のことながら、そこには一体感があると同時に、ある種の忠誠心というようなものも養われてくる。どんな会社であれ、学校であれ、①組織の中の人間というのは、いちおう自分の属している組織を、ある時には看板として背負いますけれども、おおむねそれを誇りにしているものです。つまり会社の体面をかけている。②会社員は、会社という法人をすなわち自分であると思っているものです。それは会社に対する忠誠ということでしょう。

4．①「組織の中の人間というのは、いちおう自分の属している組織を、ある時には看板として背負いますけれども、おおむねそれを誇りにしているものです。」とは、どういうことか。

　　A．人間は自分の属している組織に対して、一種の負担をもっと同時に、誇りをももっている。

　　B．人間はプライド高く自分の属している組織を他人に宣伝するわけです。

　　C．人間は自分の属している組織に対して、きらいなところがあると同時に、誇りとして思うところもある。

　　D．人間は自分の属している組織の一員として組織を代表すると同時に、それを誇りにもしている。

5．②「会社員は、会社という法人をすなわち自分であると思っているものです。」とは、どういう意味か。

　　A．会社員は個人個人自分が会社の法人だと思って働いている。

　　B．会社員は個人個人自分が会社の経営者だと思って働いている。

　　C．会社員は個人個人自分が会社の社長だというふうに思って働いている。

　　D．会社員は個人個人自分は会社の一員として会社を代表する人だと思って働いている。

　　読解二、次ぎの文章を読んで、後の質問に答えなさい。答えはそれぞれA、B、C、Dの中から最も適当なものを一つ選んで、解答用紙のその番号に印を付

けなさい。(1×8＝8 点)

日本人の生活習慣も時代とともに変って行く。ほんの少し前までは、春や秋になると、タタミを乾燥させるために、家の中からタタミを外に出す光景があちこちで見られたものである。どんなに忙しい生活をしている人でも、①これだけは続けてきた。タタミは暮らしの中に季節感を作り出していたのである。

最近では、②タタミがだんだん見られなくなってきている。タタミの上に座る、タタミの上で家族みんなで食卓をかこむ、タタミの上にふとんを敷いて眠る。客が来れば、そのタタミの上に手をついあいさつする。それがあたりまえだった生活は、つい昨日のことである。タタミは日常の生活と共にあったのである。

タタミという言葉は、古い時代の文学や記録にも出ている。③昔から日本人の生活の中にあったものと考えてよいのであろうが、そのころは、床に敷く布や毛布のようなものをタタミと呼んでいたらしい。そして、使わない時はたたんでしまっていた。(④)、「たたむ」ものだからタタミということばが生まれたのだろうと思われる。

また、昔の詩の中にこうある。「旅に出た人の使っていたタタミは動かしても汚してもならない」と。なぜなら、人は旅に出ている時でも故郷に自分の心を残しており、その心はタタミの上にも残っている。そのタタミを留守のあいだ大事にしないと、旅で危険な目にあったり、⑤病気になったりする、と信じられていたからだ。昔は、タタミはひとりひとりが自分だけで使うものだったのである。

やがて時代は変わり、タタミはしだいに現在のような形と大きさのものになっていく。一人の人が寝られるぐらいの大きさがタタミ一枚の標準となり、それに合わせて部屋の大きさも決められるようになった。どんな部屋でも、「四畳半」とか「六畳」というように、タタミを組み合わせて敷くことができる大きさになったのである。また、タタミの素材も、湿気の多い日本に合うように工夫されていった。

最近ではすっかり目立たなくなったタタミも、長い歴史を持ち、日本の生活文化と深いつながりを持っているのである。

1. ①「これ」は何を指しているか。

A. 生活習慣を時代とともに変えること

B. タタミを外に出して干すこと

C. あちこちでタタミを見ること

D. いそがしい生活をすること

2. ②「タタミがだんだん見られなくなってきている」というのは、どのような意味か。

  A. タタミの大きさが小さくなった。

  B. タタミが一般的になった。

  C. タタミをまったく掃除しなくなった。

  D. タタミがあまり使われなくなった。

3. ③「昔から日本人の生活の中にあった」とあるが、昔のタタミはどのようなものだったのか。

  A. 布や毛布とともに使うものだった。

  B. 現在のタタミと同じものだった。

  C. 使わない時はたたんでおくものだった。

  D. 旅に出る時に持って行くものだった。

4. （④）に入れる言葉を次の中から選びなさい。

  A. つまり   B. ところが

  C. さて   D. けれども

5. ⑤「病気になったりする」とあるが、だれが「病気になったりする」のか。

  A. 旅に出た人   B. 家にいる家族

  C. タタミを汚した人   D. タタミを動かした人

6. 第4段落で筆者がいちばん言いたいことは次のどれか。タタミは 。

  A. 神さまと同じだった。

  B. 個人が自分のものを持っていた。

  C. 長い歴史を持っている。

  D. 汚したりしないように注意して使った。

7. タタミの大きさは何を基準に決められたか。

  A. 昔の人の標準的な背の高さ

  B. 一人の人が持つことのできる重さ

  C. 昔の布一枚の大きさ

  D. 人が寝るときに必要な広さ

8. この文章に題をつけるとすれば、次のどれが適当か。

  A. タタミと日本人の故郷 B. タタミと日本人の生活

  C. タタミと日本の気候 D. タタミと日本の旅

专项模拟四

読解一、次ぎの各文章を読んで、後の質問に答えなさい。答えはそれぞれ
A、B、C、Dの中から最も適当なものを一つ選んで、解答用紙のその番号に印
を付けなさい。(1×5＝5)

【文章1】

　人間というやつは、それほど強く日常性の壁にしがみついている動物だと
も言えるわけである。たしかに、①という、日常感に支えられていればこそ、
社会や秩序を、実在として受けとめることも出来るわけだが、しかし、その壁
にあまりよりかかってばかりいすぎると、今度は日常の外にあるものが、すべ
て幽霊や蛇に見えてくるという、きわめて偏狭な視野の持ち主になってしま
う危険もあるわけだ。

　なにも日常性を否定することはない。しかし、ためには日常の外の空気を
吸ってみるのも、精神の健康のためには必然なことではあるまいか。現に、蛇
と日常を共にしている、蛇つかいは、蛇に対してなんらの嫌悪も感じないとい
う。そして、このことは、かならずしも実際の蛇だけにかぎったことではな
く、②政治的な蛇、思想的な蛇、文化的な蛇、その他さまざまな蛇についても、
同様にあてはまることなのではあるまいか。

1. ①の下線の部分に入る適当な言葉を一つ選びなさい。
   A. 昨日、今日、明日。
   B. 昨日のつぎは今日、今日のつぎは明日。
   C. 昨日のつぎは今日があり、今日のつぎは明日がある。
   D. 昨日のように今日があり、今日のように明日がある。

2. 「政治的な蛇、思想的な蛇、文化的な蛇、その他さまざまな蛇」の「蛇」と
   は、どういう意味か、その説明に合わないものを一つ選びなさい。
   A. 日常のない虚無の中から、突如出現するようなもの。
   B. その日常を想像しえないひどく不気味なもの。
   C. せまい穴の中から、突然現れる手足のないもの。
   D. 日常感に支えられている社会や秩序から類推できないもの。

3. 文の中に触れた「蛇」について、どんな態度であるか。
   A. 生活に「蛇」に合うのは避けられる。
   B. 生活に「蛇」に合うのは避けられない。
   C. 「蛇」は危ないものばかりである。

D，「蛇」が出現することに喜んで迎えよう。

【文章2】

日本語に文字どおり訳せば「リンゴのような頬をした子」という意味のフランス語の表現を見ると、たいていの日本人は「頬の赤い元気そうな子」と受け取る。しかしフランスではリンゴから連想する色彩は青であるから、フランス人が持つこの子の顔色のイメージは日本人には思いもよらないものである。またフランス人がリンゴから連想する形は丸であるから、丸い顔の子を思い浮かべるかもしれない。大体「頬が赤い子」が「元気な子」と連想するのも世界中同じとは言えないし、その逆に「顔が青い」のは「元気ではない」ことをあらわすとは限らないはずだ。つまり、（②）。

4. 一般的にフランス人は①「リンゴのような頬をした子」からどんな子を連想すると思われるか。
   A. 頬が赤くて元気そうな子。
   B. 頬が青くて元気そうな子。
   C. 顔色が青くて元気そうではない子。
   D. 顔色が青い子、または丸い顔をした子。

5. （②）に入る文として適当なものはどれか。
   A. 同一のものを見ると、連想はさまざまである。
   B. 頬の赤い子が必ずしも元気であるとは限らない。
   C. フランスではリンゴが必ずしも赤いとは限らない。
   D. 顔が青い子が元気ではないと決めることはできない。

　読解二、次ぎの文章を読んで、後の質問に答えなさい。答えはそれぞれA、B、C、Dの中から最も適当なものを一つ選んで、解答用紙のその番号に印を付けなさい。（1×8＝8点）

　あすは、わが子の入学試験の発表があるという、その前の晩は、親としての一生のなかでも、いちばん落ち着かなくてつらい晩のひとつにちがいない。

　もう何十年もまえ、ぼくが中学の入学試験をうけたとき、発表の朝、父がこんなことをいった。

　お前、きょう落ちていたら、欲しがっていた写真機を買ってやろう」

　ふと思いついたといった調子だったが、それでいて、なんとなくぎごちなかった。②へんなことをいうなあ、とおもった。おとうさんは、ぼくが落ちたら

いいとおもってるのだろうか、という気がした。

③そのときの父の気持ちが、しみじみわかったのは、それから何十年もたって、こんどは自分の子が入学試験をうけるようになったときである。

おやじも、④あの前の晩は、なかなか寝つかれなかったんだな、とそのときはじめて気がついた。不覚であった。おやじめ、味なことをやったなと思った。あまり好きでなかったおやじが、⑤急になつかしくなった。

（中略）

もし入学試験に落ちたら、いちばんつらいのは、もちろん親よりも本人である。

それを、⑥親が失望のあまりついグサッと胸につきささるようなことをいったら、ということになる。

よし、おやじにまけるものかと決心した。ぼくはすぐ感情を顔に出し怒り声になるタチである。落ちたときいた瞬間にいう言葉を、二、三日まえから、ひそかに⑦練習した。

「そうか（⑧）、こんなことぐらいでがっかりするんじゃないよ」

繰り返しているうちに、自分がまず落ち着いてきたのが妙だった。

1. ①「お前」とあるが、だれのことか。

    A. 筆者の妻　　　B. 筆者の息子　　C. 筆者の父　　　D. 筆者

2. ②「へんなこと」とあるが、筆者はなぜそう感じたのか。

    A. 落ちていたら、買ってくれるというから。

    B. 家が貧しいのに、買ってくれるというから。

    C. まだ子どもなのに買ってくれるというから。

    D. 写真機は欲しくないのに買ってくれるというから。

3. ③「そのときの父の気持ち」とは、どんな気持ちか。

    A. 合格していたら息子と祝いたいという気持ち

    B. 落ちていたら息子を慰めたいという気持ち

    C. 落ちていたら息子を怒ってやろうという気持ち

    D. 落ちていたほうが息子のためにいいと思う気持ち

4. ④「あの前の晩」とは、いつか。

    A. 父が受験する前の晩　　　　　　B. 筆者が受験する前の晩

    C. 父の試験の発表の前の晩　　　　D. 筆者の試験の発表の前の晩

5. ⑤「急になつかしくなった」とあるが、なぜか。

    A. 父親が買ってくれた写真機を思い出したから。

B. 父親も自分と同じ気持ちだったことに気がついたから。

C. 入学試験を受けたときの自分の気持ちを思い出したから。

D. 入学試験に落ちたときの自分の気持ちを思い出したから。

6. ⑥「親が失望のあまりついグサッと胸につきささるようなことをいったら、」のあとには言葉が省略されている。どんな言葉を続けたら意味がよく通るか。

 A. 息子がかわいそうだ。   B. 息子が安心してしまう。

 C. 息子が落ち着くだろう。 D. 息子が死んでしまう。

7. ⑦「練習した」とあるが、なぜ練習したのか。

 A. 息子が、試験に不合格になってしまうと困るから。

 B. 自分の不安な気持ちを知られるのがはずかしいから。

 C. 自分が感情をはっきり顔に出してしまうと困るから。

 D. 不合格だろうと思っていることを知られると困るから。

8. (⑧)に入る適当な文はどれか。

 A. 頭が悪いからだ、それで B. お前はだめだ、だから

 C. 残念だったな、しかし D. よかったな、しかも

专项模拟五

読解一、次ぎの各文章を読んで、後の質問に答えなさい。答えはそれぞれA、B、C、Dの中から最も適当なものを一つ選んで、解答用紙のその番号に印を付けなさい。(1×5＝5)

【文章1】

 知識がなければ見ることができなくなった現代人は、美はわからないと呟く。わかるわからないの対象では美はない。美は感じるものであり、感じて心で語り合う対象でなければならない。時代や作者や様式がわかることと、そのものの美しさを感じることとは全く別のことだ。だが、知識に全幅の信をおく現代人は、①このことを混同しているばかりか、わかることがすべてだと信じきっている。美はもう心には映らず、頭のなかで加減乗除されるだけだ。

 この現代的鑑賞態度から逃れるのは非常に難しい。一般がそういう風潮に完全に馴染んでしまっているし、現代文明を確実に進歩発展させるためには、人間は心を用いることをできるだけ抑制し、頭を全力回転させることを強いられているからである。美の鑑賞②だけこの宿命を変えることはできない。

1. ①「このこと」とは、どういうことか。
   A. 美を感じることとわかること。
   B. 心に映ることと頭で加減乗除すること。
   C. 心で感じることと知識全般にまかせること。
   D. 時代や作者がわかることと、そのものの美しさを感じること。
2. ②の下線の部分に何が入るか。A、B、C、Dの中から一番いいものを
   一つ選びなさい。
   A. に対して　　　B. を通して　　　C. にして　　　　D. に関して

【文章2】

「家に来なさい」と言われて、本当に誘われていると考える外国人が少ない
でしょうが、日本人同士でさえ、①それが本気の誘いなのか、あるいはあいさ
つにすぎないのか、と判断に苦しむことがあります。

ただ、本当に誘っている場合なら、具体的に「今度の日曜日、もし、暇だった
ら昼食を家で食べない?」、「うん、いいね。じゃ、昼前に行くから」などと話す
ことが多いのですから、それが本気であることが分ります。

しかし、日本人が単なるあいさつのつもりで言ったとしても、外国人にとっ
て「家に遊びに来てください」と誘われれば、文字通り受け取ってしまうので
す。もし、その外国人が日本に来てずっと寮にでも住んでいるなら、日本人の
家庭を見ることが出来る機会を待ち望んでいるかもしれません。

しかし、誘われてから、いくら待っても連絡もないままで、②がっかりした
という話はよくある。そして、本当に呼ぶ気がないなら、なぜ、そんなことを
言うのだろう、と日本人に不信感を抱くようになる外国人も結構多いのです。

もちろん、日本人には伝統的に相手に対する好意を表すために初対面の人
にもこのようなことばをかける習慣があります。しかし、それは「あなたに好
意を持っている」ということを表すにすぎず、「知り合いになれてうれしい」と
いったほどの意味合いであることが多いのは、ご承知のとおりです。

しかし、世界にはさまざまな文化がありますから、相手の言葉を文字通りの
意味に受け取ってしまう人々もいます。日本人の挨拶表現になれていない可
能性のある外国人に、このような言葉をかけるのは気をつけなければならな
いでしょう。

もし、このような場合「遊びに来てください」のかわりに、「ではお元気で」な
どと、相手が誤解しない別れのあいさつをするように心がける必要があり

ます。

　また、日本語学習者に対しては、遊びに来てくださいという誘いが相手への好意の表明方法の一つである、ということを教えるべきでしょう。

3. ①「それ」は何を指すか、次から適当なものを選びなさい。

　　A. 相手の家に遊びにいくこと

　　B. 「家へ遊びに来てください」という誘い

　　C. 二人の約束

　　D. 日本人の家で昼食を食べること

4. ②「がっかりした」とあるが、なぜか。

　　A. 日本人に誘われなかったから

　　B. 日本人があいさつのつもりで言ったから

　　C. 誘われていく待っても連絡がないから

　　D. 日本人が本当に呼ぶ気がないと分ったから

5. この文章の内容と合わないのは次のどれか。

　　A. 「家に遊びに来てください」のようなあいさつは外国人には通じない。

　　B. 外国人には「遊びに来てください」のかわりに、「では、お元気で」というべきである。

　　C. 世界には様々な文化があるから、日本人のあいさつ表現に慣れていない外国人には、「家に遊びに来てください」のような言葉をかけるのは気をつけなければならない。

　　D. 日本語学習に対しては「家に遊びに来てください」ということばの意味を教えるべきである。

　　読解二、次ぎの文章を読んで、後の質問に答えなさい。答えはそれぞれA、B、C、Dの中から最も適当なものを一つ選んで、解答用紙のその番号に印を付けなさい。(1×8＝8点)

　おじさんの中学生のときはどうだったろう。

　いたずら好きのAと仲良しだったときがある。野球のうまいBや、頭のいいCや、家が貧しいけれどマジメなDと仲良しだったときもある。でも、クラスが変わるたびに友だちが変わっていき、①中学の三年間を通じて一人の友だちと深くつきあうことはなかった。Dとは夏休みにいっしょにアルバイトをやったりして「親友」みたいだったのに、いつの間にか付き合わなくなっている。

②これは、だれでもそうじゃないかと思うんだ。友だちは変わってゆく。その場かぎりの付き合いといえば言えなくはないけど、自分の求めているものが変わってゆくから、③相手を自然に変えてゆくのだと思う。

おじさんの場合、いたずら好きのAと仲良しだったときは、おじさんもいたずらがしたかった。いたずらをして気持ちがスカッとすることを求めていた。でも、いたずらではほんとうに気持ちがスカッとしないことにやがて気づいて、Aとつきあたえてくれたんだね。意識したわけじゃないけど、そのときの自分の益になる相手を求めて、つきあう相手がおのずと変わっていったのだと思う。だからといって、④こうした相手を「友だち」と呼べないかというと、そうではないんだね。

利己的のようだけれど、「友だち」というのは自分に「益」になる相手のことなんだ。その相手とつきあうことで自分が「得」をする。しかし、その「益」なり「得」なりの中身が問題なんだね。（中略）

たった一度しか会わなくても、その影響が人生に素晴らしく作用すれば、⑤これは立派な「友だち」だ。実際には会わなくたって、たとえばその人のことをテレビで観たり本で読んだりしただけで、すばらしい影響を受けたら、これは「友だち」なんだね。

もっとも実際に会わなければ、厳密には「友だち」とはいえないけれど、生きるうえで心に影響を受ける相手とはそう何人も出会えるものではないことも、おじさんの経験からいえる。

しかし、⑥君自身がそれを求める心構えでいなかったら、中学生のときはおろか、一生「友だち」には出会えないだろう。

1. ①「中学の三年間を通じて一人の友だちと深くつきあうことはなかった。」とあるが、それはなぜか。
   A. 野球が嫌いだったから。
   B. 夏休みにアルバイトをしたから。
   C. よくけんかをしたから。
   D. 求めるものが変わったから。
2. ②「これ」は何を指しているか。
   A. 夏休みにアルバイトをすること　　B. いたずらが好きなこと
   C. 友だちが変わること　　　　　　　D. 友だちが多いこと
3. だれが③「相手を自然に変えてゆく」のか。
   A. だれか　　　　B. だれでも　　　C. 友だち　　　　D. 親友

4. ④「こうした相手」とは、この場合どんな相手のことか。自分の利益に
なる相手。

    A. いつも   B. 中学時代に

    C. そのときどきに   D. 大人になってからも

5. ⑤「これは立派な『友だち』だ」とあるが、この場合どんな意味か。

    A. 友だちになったほうがよい   B. 友だちといってよい

    C. 友だちといってはいけない   D. 友だちにならなくてもよい

6. ⑥「君」とはだれのことと考えられるか。

    A. 中学生たち   B. 中学生の親たち

    C. 筆者の昔の友だち   D. おじさんの友だちだったA

7. この文章に出てくる「おじさん」とはだれのことか。

    A. 筆者自身   B. 筆者のおじ

    C. 中年の男性   D. 友だちのおじ

8. 結論として筆者はどんな「友だち」を求めるべきだと言っているか。

    A. その場かぎりの友だち

    B. 長くつきあっていける友だち

    C. 経済的に助けてくれる友だち

    D. 人生に影響を与えてくれる友だち

专项模拟六

読解一、次ぎの各文章を読んで、後の質問に答えなさい。答えはそれぞれ
A、B、C、Dの中から最も適当なものを一つ選んで、解答用紙のその番号に印
を付けなさい。(1×5＝5)

【文章1】

自分たちの地球が宇宙の中心だという考えにかじりついていた間、人類に
は宇宙のほんとうのことが分からなかったと同様に、自分ばかりを中心にし
て物事を判断していくと、世の中の本当のことも、つい知ることができないで
しょう。大きな真理は①そういう人の目には決して映らないのだ。もちろ
ん、日常、ぼくたちは太陽がのぼるとか沈むとか言っている。そして、日常の
ことには、②それでいっこうさしつかえない。しかし、宇宙の大きな真理を知
るためには、③その考え方を捨てなかればならない。④それと同じようなこ
とが、世の中のことについてもあるのだ。

1.「そういう人」とはどんな人か。

A. 自分たちの地球が宇宙の中心だ考えている人。

B. 宇宙のほんとうのことが分からない人類。

C. 自分ばかりを中心にして物事を判断する人。

D. 世の中のほんとうのことをつい知ることができない人。

2. ②の「それで」の「それ」は何か。

A. 太陽がのぼるとか沈むとか言っていること。

B. 自分ばかりを中心にして物事を判断すること。

C. 大きな真理はそういう人の目には決して映らないこと。

D. 世の中の本当のことをつい知ることができないこと。

3. ③の「その考え」は何の考えか。

A. 自分たちの地球が宇宙の中心だという考え。

B. 宇宙の本当のことが分からないという考え。

C. 自分ばかりを中心にして物事を判断する考え。

D. 世の中の本当のことを知ることができないという考え。

4. ④の「それ」は何か。

A. その考え方を捨てなければならないこと。

B. 自分たちの地球が宇宙の中心だという考えにかじりついていた 間、人類には宇宙のほんとうのことが分からなかったこと。

C. 自分ばかりを中心にして物事を判断していくと、世の中の本当の ことも、つい知ることができないでしょうこと。

D. ぼくたちは太陽がのぼるとか沈むとか言っていること。

【文章2】

新幹線で知らない人と隣り合わせる。坐った瞬間にパッと「ご出張ですか」 と話しかける。結婚式で、初めての人と同席する。目を合わした瞬間「私、こ ういう者ですが…」と名刺を出す。

坐って10秒以内に、話かけるのがこつだ。あとは、楽しい会話が続く。10 秒過ぎればしらけてしまう。おかしな人と隣り合わせたと、むっつりした時 を過ごすことになる。

新しいところに出入りしはじめたら、爽やかな笑顔と明るい声で、誰かれ区 別なしに目が合った瞬間に「こんにちは」と声をかけるのが大切である。

5. 筆者の一番言いたいことは何か。

A. あいさつは誰かれ区別なしにすればよい

B. 挨拶をするときは、名刺を出せ。

C. 挨拶は笑顔が大切だ。

D. 挨拶はタイミングを逃すな。

　読解二、次ぎの文章を読んで、後の質問に答えなさい。答えはそれぞれA、B、C、Dの中から最も適当なものを一つ選んで、解答用紙のその番号に印を付けなさい。(1×8＝8点)

　これは、フランスで実際にあった話しである。パリのある下町に、たいへん欲の深い肉屋がいた。毎日の食事や衣服を節約したり、女房にまでケチでとおした肉屋は、たいへんな財産をたくわえているというのでも有名だった。

　ある日、その肉屋に、12歳ぐらいの女の子が肉を買いにやってきた。500フランの代金を払うという時になると、その女の子は「しまった。お金を忘れてきちゃった。おじさん、あとでお金もってくるから、①これちょっと預かって」といって、もっていたバイオリンをその肉屋にわたしていった。彼は、何気なく、そのバイオリンを店の隅のほうに置いておいた。

　さて、それから30分くらいすると、一人の老紳士が、肉を買いにやってきた。1キログラムの牛肉を買い、代金を支払って店をでようとした時、その老紳士が、②店の隅にたてかけてあるバイオリンを見た。それを手に取って、じっくり見てから、大声でいった。

　「このバイオリンは素晴らしい。ストらディバリウスという世界的な名器だ。50万フランで買いたい。ぜひ譲ってくれませんか。」と熱心に肉屋に頼むのだ。

　だが、肉屋にしてみれば、自分のバイオリンではない。売るわけにはいかない。そこで、肉屋は、持ち主の女の子に話して自分が買い受けてからこの老紳士に売ろうと考え、「明日の9時にもう一度ここへ来てください。③おゆずりしましょう。」といって、その老紳士を帰した。

　例の女の子は、すぐもどってきた。肉の代金を支払い、バイオリンを受け取って帰ろうとした。

　「ねえ、そのバイオリン、おじさんに売ってくれないかね。あまりよいバイオリンじゃないけれど、うちの子もバイオリンをこれから始めるので一つ欲しいんだよ」

　女の子が、しぶしぶ売ってもよいという返事をした時、肉屋は「しめた。女の子をだました」と内心大喜びである。彼は5万フランでそのバイオリンを

彼女から譲り受けることに、まんまと成功した。先ほどの紳士に、50万フランで売れば、45万フランの儲けだ。彼が喜んだのも当然だ。肉屋は、その女の子をだまして悪いと思ったのか、先ほどの肉の代金を返しやった。彼の良心が、子どもをだますことをよしとしなかったのであろう。

　肉屋は、紳士のやっていくるのを待った。だが、その老紳士は翌日の9時になってもやってこなかった。老紳士と女の子による計画的なサギであったのである。

　サギにあう人たちの中には、この肉屋のように、一攫千金を夢みる、けちな人、欲の深い人が多い。子どもをだまして、45万フラン儲けようという「欲」が、物事を冷静に見る目を失わせてしまったのである。

1. ①「これ」とは何か。
   A. 500フラン
   B. 買った肉
   C. バイオリン
   D. 衣服

2. ②「店の隅にたてかけてある」とあるが、だれがたてかけたのか。
   A. 肉屋
   B. 肉を買いにきた女の子
   C. 老紳士
   D. 肉屋の子

3. ③「おゆずりしましょう」とあるが、だれがだれにゆずるのか。
   A. 女の子が肉屋に
   B. 肉屋が老紳士に
   C. 女の子が老紳士に
   D. 肉屋の子が老紳士に

4. ④「おじさん」とはだれか。
   A. ストラディバリウス
   B. 肉屋
   C. 女の子のおじさん
   D. 老紳士

5. ⑤「やってこなかった」とあるが、それはなぜか。
   A. 50万フランを用意できなかったから。
   B. バイオリンが欲しくなくなったから。
   C. 肉屋からお金を手に入れたから。
   D. ほかに用事ができたから。

6. 肉屋は、女の子にバイオリンの代金としていくら渡したか。
   A. 50万フラン
   B. 45万フラン
   C. 5万500フラン
   D. 5万フラン

7. 肉屋についてこの文章からわかることは何か。がとても好きである。
   A. お金を儲けること
   B. 老人をだますこと
   C. 子どもをだますこと
   D. バイオリンを買うこと

8. この文章で筆者がいちばん言いたいことは何か。

    A. 大人は子どもにだまされやすい。

    B. 子どもをだますことはよくない。

    C. 欲の深い人ほどだまされやすい。

    D. 欲の深い人をだますことはよくない。

专项模拟七

読解一、次ぎの各文章を読んで、後の質問に答えなさい。答えはそれぞれ A、B、C、D の中から最も適当なものを一つ選んで、解答用紙のその番号に印を付けなさい。(1×5＝5)

【文章1】

日本人にとっては、自然は人間の対立物でもなく、ましてや支配する対象でもなかった。空気や水と同じく、人間を取巻くごくあたりまえのものであった。人間の力ではびくともしない豊かな自然、それがここ二十年の間に巨大な破壊技術の進歩によって、急激に壊されはじめたのである。まだ日本人の心の奥には、自然は無限に豊かで、①不落の城であるかのような印象が②。この状況が続けば、かつてのヨーロッパがそうであったように、否もっと恐ろしい形で日本の自然が破壊しつくされるであろう。そうなければもはや取り返しがつかなくなる。今のうちに自然保護と愛好の思想を育てなければならない。

  1. ①「不落の城」とは、どういう意味か。

    A. 太陽が沈まない城のこと。

    B. 地下に沈む心配のない城のこと。

    C. 相場が安定して下がることのない城のこと。

    D. 空に浮かんでいて、減んで落ちてくる心配のない城のこと。

  2. ②の下線の部分に何が入るか。A、B、C、D の中から一番いいものを選びなさい。

    A. 残している   B. 保っている

    C. 根を張っている   D. 生きている

【文章2】

この世の中には、その人間のすべてを無條件に認めることができるような完全な人格の持ち主など、存在するわけがない。①そんな人間がたとえいるとしても、彼には人間としての味わいやおもしろみなどまるでなく、付き合う

気にもなれないだろう。人間というものは、多かれ少なかれ欠点や弱点があるからこそおもしろいのだ。従って、その人の持っているよい面を認めて尊敬すること、その人の値打ちを認めながら欠点を許すことができるなら、これが友情というものであろう。

3. ①「そんな人間」とは、どんな人間か。

A. 欠点や弱点が全然ない人。

B. 欠点や弱点があってもおもしろい人。

C. 人間のすべてを無條件に認めてくれる人。

D. 欠点や弱点があるから付き合う気になれない人。

4. 筆者は友情についてどのように考えているか。

A. 完全な人格の持ち主と付き合いたい。

B. 欠点や弱点が多ければ多いほど、おもしろくなる。

C. 良い面を認め、欠点や弱点を許すのが友情である。

D. 欠点や弱点のある人とつきあうのがいい。

【文章3】

ドイツの精神分析医ミッチャーリッヒは、現代人が抑圧しているのは、もはや「性」ではなく、自分たちの深層に潜む「攻撃性」である、というが、たしかに現代人の不安は、自分の意図しない何か（その「何」かはただ自分が他人と共存することや、生存することそれ自体である場合さえある）が自分の知らぬ間に、いつ、相手や他人を傷つけてしまうか、という不安であり、自分の意識しない（抑圧された）攻撃性に対する不安なのである。

5. 「現代人の不安」の正しい説明はどれですか。

A. 抑圧された性　　　　　　B. 他人との共存

C. 抑圧された攻撃性　　　　D. 生存すること

　読解二、次ぎの文章を読んで、後の質問に答えなさい。答えはそれぞれA、B、C、Dの中から最も適当なものを一つ選んで、解答用紙のその番号に印を付けなさい。（1×8＝8点）

　子供のころ、私は母や近所のおばさんたちが、「うちの子はまだご挨拶もできませんで…。」などと言っているのを聞いて、どうしてあんなことを気にするのだろうと、不思議に思っていた。①大きくなってからも、大人の人たちが、「あの人の挨拶は立派だ。」とか、「あの人は挨拶の仕方も知らない。」とか言

っているのを聞くと、②たいした意味もないことを、どうしてそんなに問題にするのだろうと、おかしく感じていた。天気がいいとか悪いとかいうような、わかりきったことを言い合いよりも、お互いに誠意を持っていることこそ大事なのではないか、誠意はだまっていても通じるはずだ、と決め込んでいた。

　私はその後、学校を出て、ある中学校の教師になった。その学校へいってまずおどろいたことは、先生も生徒も朝、顔を合わせると、「おはようございます。」帰る時は、「さようなら」と、必ず声を出して挨拶していることだった。

　③それまで私は、知っている人に会うとだまって頭を下げ、親しい友人には「やあ」と言うか、会釈をするぐらいのものだった。が、生徒や同僚たちが明るく挨拶し合っているところを見ると、いつのまにか、こういう挨拶をするのも意味のあることだと感じられてきた。(a)ほかの人たちと同じように、「おはよう」や「さようなら」を声に出して言おうとしてみると、それはなかなか容易なころではない。簡単な言葉だと思っていた「おはよう」や「さようなら」が、④簡単に言えない。だいいち、容易に声が出ない。思い切って言ってみても、なんというあやふやな「おはよう」であろう。それに比べて、同僚や生徒の「おはよう」は実にはっきりしていて気持ちがいい。わたしは、なるほど「おはよう」にも、りっぱなのとそうでないのとがあると、はじめて気が付いた。

　⑤決まりの悪い思いをしながら、毎日努力して言っているうちに、(b)わたしにもはっきり言えるようになってきた。それと一緒に、声に出して言う本当に明るい挨拶は、決して口先だけでできるものではない。心の真実が、そのまま身の構えになり、声になったものこそほんとうの挨拶である、ということがわかってきた。

1. ①誰が「大きくなってからも」なのか。
　　A. 近所の子　　　　　　　　B. 近所のおばさん
　　C. 筆者　　　　　　　　　　D. 大人の人たち
2. 何が②「たいした意味もないこと」なのか。
　　A. 子供はまだ挨拶ができないこと
　　B. 挨拶の仕方
　　C. 天気
　　D. お互いに誠意を持っていること
3. ③「それまで」はいつまでのことか。
　　A. 中学校の教師になるまで
　　B. 大人になるまで

C. 朝、先生や生徒と顔を合わせるまで

D. 声に出して挨拶するまで

4. (a)の中に何が入るか。

  A. つまり   B. ところで

  C. しかし   D. したがって

5. ④「簡単に言えない」とあるが、どうしてか。

  A. 難しい言葉だから。

  B. 今まで挨拶をしたことがないから。

  C. 挨拶は必要ないから。

  D. 声に出す挨拶は意味がないと思っていたから。

6. ⑤「決まりの悪い思いをしながら」とあるが、どんな意味か。

  A. 気持ちが悪いと思いながら

  B. はずかしいと思いながら

  C. 言いたくないと思いながら

  D. きまった言い方がないと思いながら

7. (b)の中に何が入るか。

  A. どんどん   B. だんだん

  C. ゆっくり   D. そっくり

8. 結論として筆者は何を言いたいのか。

  A. 大きな声で挨拶すれば必ず心の真実が通じる。

  B. 誠意があれば明るい挨拶ができる。

  C. 毎日努力すれば立派な挨拶ができるようになる。

  D. 誠意を声に出してこそ本当の明るい挨拶になる。

（六）阅读理解模拟参考答案

模拟一

読解一	1	2	3	4	5			
	C	B	C	B	C			
読解二	1	2	3	4	5	6	7	8
	D	B	A	C	C	A	C	B

模拟二

読解一	1	2	3	4	5			
	A	C	D	A	D			
読解二	1	2	3	4	5	6	7	8
	A	C	B	D	B	D	A	D

模拟三

読解一	1	2	3	4	5			
	B	A	D	D	D			
読解二	1	2	3	4	5	6	7	8
	B	D	C	A	A	B	D	B

模拟四

読解一	1	2	3	4	5			
	D	C	B	D	A			
読解二	1	2	3	4	5	6	7	8
	D	A	B	D	B	A	C	C

模拟五

読解一	1	2	3	4	5			
	D	D	B	C	B			
読解二	1	2	3	4	5	6	7	8
	D	C	B	C	B	A	A	D

模拟六

読解一	1	2	3	4	5			
	C	A	A	B	D			
読解二	1	2	3	4	5	6	7	8
	C	A	B	B	C	D	A	C

模拟七

読解一	1	2	3	4	5		
	D	C	A	C	C		
読解二	1	2	3	4	5	6	7	8
	C	B	A	C	B	B	B	D

三、主观表达题（完成句子和作文）

（一）《基础阶段教学大纲》及《专业四级考试大纲》相关部分解读

日语专业四级考试的第二部分为主观表达题，包括完成句子与作文。关于这一部分，《专业四级考试大纲》作了如下说明：

完成句子

考试要求：

根据所出的前提条件完成 10 个句子。要求文字内容完整、恰当、书写格式与语法正确。考试时间为 10 分钟。共计 10 分。

试题题型：

本题的每小题均为未完成的句子，要求考生根据前半句的内容写出后半句，使句子完整。

作文

考试要求：

要求根据题目或图表、统计数字等写一篇 350～450 字的短文。要求文字内容切题、完整、条理清晰、结构严谨、语言通畅恰当、日语文体得当、书写格式与语法正确。考试时间为 50 分钟。共计 15 分。

试题题型：

本题根据内容决定是否为记叙文，抑或说明文、议论文或书信，并根据体裁决定日语的文体。

考试目的：

按照《基础阶段教学大纲》的要求，测试考生在基础阶段结束时日语书面表达的能力。

《基础阶段教学大纲》对于"写"的技能要求，其中第二学年要求："4. 根据要求运用所学知识能在 1 小时内写出 600～800 个字的文章。""以上均要求格式正

确、书写准确,语言较流畅,能够较合理地搭配使用词语,条理较清楚,语法和用词无大错。"

(二) 完成句子主要测试点和解题技巧介绍

本题由于目的在于考查学生的综合能力,因此涉及知识范围全面,不仅考察对文字、词汇、句型的熟知度,还要了解各种体态及敬体的表达方法,以及一些约定俗成的说法都要熟练掌握。因此要求考生必须要有比较扎实的基本功底,对该阶段所学基础知识牢固掌握。

2005 年《专业四级考试大纲》修订之后增加了此项题目。我们只要看一下这三年来所考内容,发现此题并不难作答。首先要正确解读前言,理解前半句话的意思,然后顺着前言意思补充后半句。要使前后句承接自然,符合语言逻辑,尽量避免衔接牵强附会。并且要注意不能出现单词、句型等的书写错误。此项题目应该注意以下几个方面。

1) 句型

例如:① いくら探しても_____。(2005 年真题)

② 決めた以上_____。(2006 年真题)

③ 食べれば食べるほど_____。(2007 年真题)

第一个句子主要考察"いくら～ても～"句型,此句型表示"无论怎样……都……"、"无论……也(不)……"之意,一般后项多为否定形式。前句意思是"无论怎样找……",因此画线部分可以填"出てこない"或"見つからない",表示"无论怎样找都找不到"。第二个句子考察"～た以上"句型,此句型表示"既然……就……"之意,前句意思是"既然决定了……",顺着这个意思很容易补出后半句,如"最後までがんばらなければならない"意思为"既然决定了就必须努力到最后"。第三个句子的句型是"～ば～ほど"意思是"越……越……",所以前句是"越吃越……"后半句可以补充为"食べたいです",即"越吃越想吃"。

对于这类考察句型的题目,需要在平时学习中注意积累反复练习。《基础阶段教学大纲》规定了此阶段必须掌握 246 个句型,因此熟练掌握这些句型即可。

2) 副词

副词在完成句子中经常出现在后半句的句首,其实这起到了提示的作用,提示并决定后句的语意,例如:

① 五年間も恋をした結果、とうとう_____。(2005 年真题)

② すみません、聞こえないから、もう少し_____。(2005 年真题)

这两个例句中的后句分别出现了副词"とうとう"、"もう少し"。第一句中的"とうとう"表示经过漫长时间最终达到的结果，译为"终于，到底"。所以前句话的意思是"恋爱了五年，终于……"，后句可以是"結婚することとなった"或"結婚しました"。第二句"もう少し"，意思是"再……一点"，与前句连起来之后，很明显后句的意思可以是"请你再大一点声"等等，即"音を大きくしてください""大きい声で言ってください"。

对于这类题目，必须掌握基础阶段所需要掌握的副词，尤其要特别注意陈述副词。以下是《教学大纲》规定的必须掌握的陈述副词。

A 与否定呼应：決して、あまり、たいして、必ずしも、別に、全然に、ちっとも

B 与推量呼应：多分、さぞ、おそらく、もしかしたら

C 与请求呼应：どうぞ、どうか、ぜひ

D 与疑问呼应：なぜ、どうして、はたして、いったい

E 与假定呼应：もし、いくら、どんなに、たとい

F 与比况、样态呼应：まるで、ちょうど、あたかも、さも

3）接续助词

接续助词一般位于前句句末，连接前后句，起到承前接后的作用，表达一定的语意，例如：

① 姉は料理が得意なので、＿＿＿＿＿＿＿＿＿＿。（2006 年真题）

② 体に悪いと分かっていながら、＿＿＿＿＿＿＿＿＿。（2007 年真题）

第一个句子中出现了表示原因、理由的"ので"，前句意思是"姐姐擅长烹调，所以……"。所以后句可以是像"レストランを経営するようになったので"之类的句子。第二个句子中的"ながら"，在此句中表示逆接条件，意为"虽然，可是"。前句的意思为"虽然知道对身体不好，可是（却）……"，所以可以补充为"毎日タバコを吸っています"之类的句子。《基础阶段教学大纲》规定的必须掌握的接续助词有：

て、ては、ても、し、ながら、ないで、たり、ば、と、たら、なら、から、ので、が、けれども、のに、ところ、ところが、ところで

4）交际用语

要正确掌握特定交际场合下所应使用的交际语，例如：

もしもし、留学生の王ですが、山田さんは＿＿＿＿＿＿＿＿＿＿。（2005 年真题）

这句话一看就知道是打电话场景的对话，前句意思为"喂，我是留学生小王，

山田老师……"，很明显，后句应该是询问山田老师是否在，所以，补充后句"いらっしゃいますか"，这种场合要注意正确使用敬语。

（三）作文题材及评分要点

作文测试是一项综合性测试，是对考生综合能力的考察。它从词汇、语法、句法和思维等各方面全方位地考察考生的语言运用能力。作文的基本要求是能够运用正确的书写格式、语法结构、修辞写出完整的句子，再将句子连成篇，把要表达的信息表达清楚。一篇好的作文，要求不仅每个词、每个句子都要正确，而且还要内容连贯、条理通顺、层次清晰，进而达到整篇文字优美，令人赏心悦目。但是，达到这种水平并不是一蹴而就的事情，需要平日的点滴积累、勤于练习、循序渐进。从写好单句入手，逐步达到写出文字完美、内容充实的好作文来。同时，也要注意平时积累阅读量，从阅读中学习日本人的词语运用，句子的表达习惯，篇章组织和思维模式，逐步提高自己的写作能力。

1．作文类型

往年的日语专业四级考试的作文题目，分别是：

2002 年:地球にやさしく、町をきれいに

2003 年:私の母

2004 年:クラスメート

2005 年:自然を守ろう

2006 年:携帯電話

2007 年:最も感動の本

从中我们可以看出近几年的作文题目通常为命题作文。但是，在日语作文中，除了命题作文还有资料型作文。所以不排除将来的考试中会出现这类的作文。资料型作文包括看图表作文和指定素材两类。下面关于这三类作文的具体写作方法分别加以说明：

1）命题作文

此类作文一般是给出题目，对字数和文体作了相应限定。但是题目一般是大家十分熟悉的，比较了解的，具体内容、写法由考生自由发挥，语法可以选自己比较有把握的，词汇也可以是自己熟悉的，因此发挥主观能动性的空间比较大，比较易写。但由此也可能带来内容上容易跑题或偏题，结构分配不当，字数不足或超过等等许多问题。所以写这类作文时要注意以下几点：

① 首先要构思,列出提纲,明确文章结构。一般把整篇分为三段来写,即三段式写法(导入→展开→终结)

② 根据不同题材的结构要求,选好素材。一般从小角度选容易说明的,然后对素材进行整理、归纳、有条理地组织文章。

③ 最后要严格控制字数。这种题目要求字数为 350～400 字之间,超过或不足都会被扣分。

此类题目一般会要求写如下有关话题:

A "私の…",如:"私の夢、私の将来、私の趣味、私の母、私の故郷"

B 社会、时事类,如:"環境問題、科学技術の進歩、教育について"

C 抽象类,如:"友情、失敗談、人生観"

D "手紙",如:"恩師への手紙、友人への手紙、親への手紙"

2) 看图表作文

一般写作步骤:

① 首先要仔细分析图表,注意每一个信息,观察图表所要表达的内容。这一点很重要,不能理解错误,否则会使整篇作文偏题。

② 分析出图表表达的内容后决定写的内容及大致主题。

③ 用语言文字分析图表内的信息。

④ 对图表内容展开分析推论。即此幅图表说明了什么问题,并在此基础上对内容进行延伸。

3) 根据给出题目和素材写作文

这类作文一般是给出题目和相关素材,对这些素材进行内容结构上的一些限定与提示。要求考生根据提示的范围写文章。此类作文要注意以下几点:

① 审查素材。分析给出素材的特点及想要说明什么问题,由此才能把握住主题。

② 利用好素材。在写作时根据题目围绕素材进行表述,使题目与素材有机融合。

③ 针对素材表述自己的感想或见解。这是整篇文章中最重要的部分,不仅要对素材进行表述,还要在此基础上表达观点和看法。

2. 写作基本要领

文章是由一个个句子组成的,所以要想写出一篇好作文,就要注意每个句子的结构和句间关系,要尽量使结构简单,表述清楚。

(1) 句子构成

① 句子要尽量短一些。一个句子的字数应在 40 字以内，每个句子控制在一个或者两个关系层内，应当遵照一个句子传达一个意思的宗旨，否则会使成分之间关系复杂，表达意思变得模糊，读起来费解。如：

✕ 大学食堂の一階は禁煙なので空気がきれいで、二階は禁煙していないから、私は行ったことがない。

○ 大学食堂は、一階は禁煙であるが、二階は禁煙していない。私は、タバコが嫌いだから、二階には行ったことがない。

② 句子的主谓关系和修饰关系必须明确，使句子简洁明了。句子很长，主谓语不呼应或修饰关系不明确的文章，会使读者难以理解，应该尽量避免。如：

✕ 日本に来て一番困ったことは言葉が困った。

○ 日本に来て一番困ったことは言葉である。

③ 尽量避免用句子作为修饰成分，句子中各个成分尽可能名词化。如：

✕ 首相が入院した。それを今朝のニュースで知った。

○ 首相の入院を今朝のニュースで知った。

（2）句间关系

句间关系就是指句子与句子之间的内容和逻辑关系。如果句间关系混乱，即便文章中每个句子准确，也不能组成一篇内容完整统一的文章，所以必须注意句间关系。

① 正确使用接续词。很容易把接续词意思弄混，所以要在平时学习中要正确把握每个接续词的意义与使用场合。

② 正确使用指示代词。主要是"こそあど"系列的指示代词要能够正确使用。

③ 正确使用同一词。即文章中表示的同一事物必须使用同一个词。

3. 写作中的注意事项

1）书写格式（稿纸的使用规则）

作文是要求写在稿纸内的，并且有一定的书写规则。下面就这些规则作一些简单说明：

（1）首先作文考试有统一的作文纸，并且规定为横写。

（2）作文题目不要求写在稿纸内，姓名和所属等写在规定的地方。

（3）段落开头要空一格，而非两格。这一点与汉语不同，要特别注意。

（4）一字占一格，不管是汉字还是假名都如此。拗音的"ゃ、ゅ、ょ"和促音的"っ"也要各占一格，并写在格内的左下角，写得小一些。

（5）数字使用阿拉伯数字，两个数字占一格。

（6）标点符号各占一格，写在格内的左下角。但省略号"……"和破折号"──"各占两格。括号不写在格子中间，而是靠近所括的内容一侧。另外，句子的最后一字写到行的最后一格时，要把标点符号写在末尾的格内或格外。

（7）原文引用、对话部分，使用"「」"，书名号用"『』"，而不是"《》"。

2）表记要领

所谓表记是指正确使用文字和符号来写文章。日语的表记为汉字和假名的混合表记。通常出现汉字、平假名、片假名、罗马字、阿拉伯数字以及符号等不同文字并用的现象。标准的表记规则如下：

（1）汉字的表记

名词、数词、动词、形容词、形容动词及一小部分副词，使用汉字表记。但地点、人名、固有词汇及专业词汇、古典文章里的汉字不受限制。

（2）假名的表记

代名词、副词、接续词、助词、助动词、补助动词及形式名词等，使用平假名表记。

外国国名、地名、人名（中国、韩国除外）、外来语等，使用片假名表记。

（3）数字的表记

横写时，原则上使用阿拉伯数字。如：人口 13 億、1 丁目 3 番地、2008 年 6 月。

竖写时，一般使用汉字数字。如：一二三四五……零，百千万億兆。

但以下几种情况一般使用汉字数字：

日本固有数字：一つ、二つ、一人、二人……

固有名词：九州、三島、十日町……

概数：五千円、十数人、六回……

惯用词语：一休み、日本一、七五三……

（4）重复号的表记

单字汉字的重复可用"々"符号，但出现在行首时不能用，如"時々、人々、国々"等。但如果是缩略语，如"電電会社"，或复合词，如"会社社長"，则不能用此符号。

3）标点符号的用法

日语中的标点符号主要用来表示词、句的停顿，强调语气和词语的性质和作用。虽然不像汉语的标点符号那么丰富，也没有汉语的那么严格，但是同样在写作中也起到不可缺少的作用。正确使用标点符号，才能使文章行文清晰，逻辑分

明,避免不必要的误解。日语的主要标点符号有以下几种：

（1）句号"。"(句点)

用于句末,表示句子的终结。如：

○ わたしは田中です。

○ その日は雨が降っていた。

注意以下两种情况：

① 「」中的句子终结时,打句号。如：

○「こんにちは。」

○「はい、わかった。」と言った。

② 以"こと""もの"等结句时,打句号。如：

○ 早く行くこと。

○ 言ってもいいこと。

（2）逗号","或"、"(読点)

逗号表示句子内部的一般性停顿。日语中的逗号在使用上没什么特别规则,下面几种情况一般使用逗号：

① 用于接续词及句首的副词之后。如：

そして、それに、しかし、したがって、ところで、また、けれども等。

② 用于主题词语后。此种情况只限于主谓离得较远的情况。如：

○ 日本の経済は、非常なスピードで進歩した科学技術とともに発展した。

○ 皆さんは、歩き始めの赤ちゃんを見たことがあるでしょう。

③ 用于用言连用形后。如：

○ 山は高く、水は深い。

○ 国の両親に手紙を書き、友人に電話をかける。

④ 用于表示原因、理由、时间、条件等从句之后。如：

○ 雨が降ったので、外出しなかった。

○ 天気さえよければ、旅行に行く。

⑤ 用于较长的定语、状语之间。如：

○ 文章は、読む人が理解しやすいように、適切な語句や表現を使って簡潔に書くべきである。

⑥ 用于词语并列、句子并列时。如：

○ 自分が見たり、聞いたり、考えたりしたことを文章に書く。

⑦ 用于倒装句或插入成分前后。如：

○ 驚いたよ、君の声には。

⑧ 用于易引起误解及难解其意的部分。如：

○ 僕は、母と弟を探しました。

○ にわに、にわとり、にわ、いる。

（3）间隔号"・"（中点）

主要有以下功能：

① 用于名词并列。如：

○ 東京・大阪・京都

复杂并列时，大并列用"、"，其小并列用"・"。如：

○ 一般教室、演習・実習の施設、学生・生徒の娯楽室など…

② 用于年月日时刻之间。如：

○ 2008・8・8

③ 用于外来语两词之间。如：

○ ラッシュ・アワー、ジョージ・ワシントン

④ 用语略词之间。如：

○ N・H・K，B・B・C

（4）单引号"「」"（かぎかっこ）

主要有以下功能：

① 表示引用原文的句子。如：

○「百聞は一見にしかず」ということわざ…

② 表示谈话部分。如：

○「だめですよ」と言いながら、帰っていった。

③ 表示特别需要强调的词语。如：

○「足」に対する「腕」も対をなしている。

（5）双引号"『』"（二重かぎ）

用于书名号或引号中还需用引号时，外层用"「」"，里层用"『』"。如：

○「この本の中に、『人間は環境の中に生きている。』ということが書いて
　ある」ということだ。

○『ことばの意味』の第二巻を世に送ることができる。

（6）括号"（　）"（かっこ）

表示行文中注释的部分。如：

○ 外国の地名・人名（中国・韓国を除く）は、片仮名で書く。

（7）破折号"──"（ダッシュ）

用于进一步说明、注释、换言等。如：

○ この東京——つまり日本の首都——には、国を代表するさまざまなものがある。

(8) 省略号"……"(…)(点線)

用于表示省略或处于思考、无言的状态。如：

○ 彼は「雨は降らないと思っていたのに…」と本当に残念そうに言った。

(9) 连号"～"(波線)

表示范围、区间和期间。如：

○ 大連～北京　5日～10日

(10) 问号"?"(疑問符)

用于表示疑问、发问、质问和反问等句子的末尾。但这类句子原则上基本不用问号，而是用句号代替。

(11) 感叹号"!"(感嘆符)

用于表示感叹、强调、警告等句子的末尾。但这类句子原则上也基本不用，而是用句号代替。

4. 作文评分标准

2分：条理不清，思路紊乱。语言支离破碎或大部分句子均有错误，且多数为严重错误。

5分：基本切题。表达思想欠清楚，连贯性差。严重的语言错误较多。

8分：基本切题。表达思想比较清楚，文字尚连贯。但语言错误较多，其中有少量的严重错误。

11分：切题。表达思想清楚，文字连贯。但有少量语言错误。

14分：切题。表达思想清楚，文字通顺，连贯性好。基本上无语言错误。

（四）专项模拟练习（完成句子和作文例文各10套）

完成句子

1. 次の文を完成しなさい(解答は解答用紙に書きなさい)。

① 新しい車はデザインがいいし、＿＿＿＿＿＿＿＿＿＿＿＿＿＿＿。

② 自転車で行くとしても、＿＿＿＿＿＿＿＿＿＿＿＿＿＿＿＿＿。

③ あまり忙しかったので、＿＿＿＿＿＿＿＿＿＿＿＿＿＿＿＿＿。

④ 自分で選んだ道ですから、＿＿＿＿＿＿＿＿＿＿＿＿＿＿＿。

⑤ この問題を解決するには、＿＿＿＿＿＿＿＿＿＿＿＿＿＿＿＿。

⑥ 買い物に出かけたついでに、＿＿＿＿＿＿＿＿＿＿＿＿＿＿。

⑦ いますぐ取ってまいりますから、＿＿＿＿＿＿＿＿＿＿＿＿。

⑧ もう二度とあの人には＿＿＿＿＿＿＿＿＿＿＿＿＿＿＿＿＿。

⑨ 日本に来たからには、＿＿＿＿＿＿＿＿＿＿＿＿＿＿＿＿＿。

⑩ 学生である以上、＿＿＿＿＿＿＿＿＿＿＿＿＿＿＿＿＿＿＿。

2. 次の文を完成しなさい(解答は解答用紙に書きなさい)。

① 出かけようとしているところに、＿＿＿＿＿＿＿＿＿＿＿＿。

② あいつのせいで、＿＿＿＿＿＿＿＿＿＿＿＿＿＿＿＿＿＿＿。

③ いかにも努力しても、＿＿＿＿＿＿＿＿＿＿＿＿＿＿＿＿＿。

④ 不注意な話し方によって、＿＿＿＿＿＿＿＿＿＿＿＿＿＿＿。

⑤ サッカーをはじめ、＿＿＿＿＿＿＿＿＿＿＿＿＿＿＿＿＿＿。

⑥ 夏が近づくにつれて、＿＿＿＿＿＿＿＿＿＿＿＿＿＿＿＿＿。

⑦ 電車がなかなか来ないので、＿＿＿＿＿＿＿＿＿＿＿＿＿＿。

⑧ 先生はまだいらっしゃいませんが、すぐ＿＿＿＿＿＿＿＿＿＿。

⑨ 焦ることはない。時間は＿＿＿＿＿＿＿＿＿＿＿＿＿＿＿＿。

⑩ A:すみません、お待たせしました。＿＿＿＿＿＿＿＿＿＿＿。
　　B:いえいえ、＿＿＿＿＿＿＿＿＿＿＿＿＿＿＿＿＿＿＿＿。

3. 次の文を完成しなさい(解答は解答用紙に書きなさい)。

① 分かっているくせに、＿＿＿＿＿＿＿＿＿＿＿＿＿＿＿＿＿。

② 夕べ、テレビをつけたまま、＿＿＿＿＿＿＿＿＿＿＿＿＿＿。

③ 新聞によると、＿＿＿＿＿＿＿＿＿＿＿＿＿＿＿＿＿＿＿＿。

④ もう三十歳だというのに、＿＿＿＿＿＿＿＿＿＿＿＿＿＿＿。

⑤ 教室に駆け込んだら、ちょうど＿＿＿＿＿＿＿＿＿＿＿＿＿。

⑥ 完治したからと言って、今すぐ＿＿＿＿＿＿＿＿＿＿＿＿＿。

⑦ 誰の意見に賛成なのか、＿＿＿＿＿＿＿＿＿＿＿＿＿＿＿＿。

⑧ こちらは禁煙室でございます。おタバコは＿＿＿＿＿＿＿＿＿。

⑨ タバコは本人の健康に悪いだけでなく、＿＿＿＿＿＿＿＿＿。

⑩ どんなに好きな食べ物でも、＿＿＿＿＿＿＿＿＿＿＿＿＿＿。

4. 次の文を完成しなさい(解答は解答用紙に書きなさい)。

① 魯迅先生といえば、＿＿＿＿＿＿＿＿＿＿＿＿＿＿＿＿＿＿。

② いくら覚えようとしても、＿＿＿＿＿＿＿＿＿＿＿＿＿＿＿。

③ 日本で生活したことは、＿＿＿＿＿＿＿＿＿＿＿＿＿＿＿＿。

④ 先生もちょうど＿＿＿＿＿＿＿＿＿＿＿＿＿＿＿＿＿＿＿＿＿＿。

⑤ 彼女のかわいそうな話を聞いたら、誰でも＿＿＿＿＿＿＿＿＿＿＿。

⑥ この写真を見るたびに、＿＿＿＿＿＿＿＿＿＿＿＿＿＿＿＿＿＿。

⑦ そんな考え方では、おそらく＿＿＿＿＿＿＿＿＿＿＿＿＿＿＿＿。

⑧ 近くに住んでいるのに、＿＿＿＿＿＿＿＿＿＿＿＿＿＿＿＿＿＿。

⑨ おかげさまで、一時を楽しく＿＿＿＿＿＿＿＿＿＿＿＿＿＿＿＿。

⑩ 彼は犯人であるはずがない。なぜかというと、＿＿＿＿＿＿＿＿。

5. 次の文を完成しなさい（解答は解答用紙に書きなさい）。

① どうしてもあの人が＿＿＿＿＿＿＿＿＿＿＿＿＿＿＿＿＿＿＿＿。

② 熱があるせいか、＿＿＿＿＿＿＿＿＿＿＿＿＿＿＿＿＿＿＿＿＿。

③ 漢字ばかりなので、＿＿＿＿＿＿＿＿＿＿＿＿＿＿＿＿＿＿＿＿。

④ もし外国へ留学できるとすれば、＿＿＿＿＿＿＿＿＿＿＿＿＿＿。

⑤ なぜ遅刻したかというと、＿＿＿＿＿＿＿＿＿＿＿＿＿＿＿＿＿。

⑥ 今年は不況が続いていることから、＿＿＿＿＿＿＿＿＿＿＿＿＿。

⑦ 田中さんは英語どころか、＿＿＿＿＿＿＿＿＿＿＿＿＿＿＿＿＿。

⑧ 高価な服装や持ち物からすると、＿＿＿＿＿＿＿＿＿＿＿＿＿＿。

⑨ 太田：先生、ちょっとお尋ねしたいことがあるのですが、＿＿＿＿。
　　山田：ええ、いいですよ。

⑩ 二人でよく話した結果、＿＿＿＿＿＿＿＿＿＿＿＿＿＿＿＿＿＿。

6. 次の文を完成しなさい（解答は解答用紙に書きなさい）。

① 暗くならないうちに、＿＿＿＿＿＿＿＿＿＿＿＿＿＿＿＿＿＿＿。

② 謝らない限り、＿＿＿＿＿＿＿＿＿＿＿＿＿＿＿＿＿＿＿＿＿＿。

③ 年をとると共に、＿＿＿＿＿＿＿＿＿＿＿＿＿＿＿＿＿＿＿＿＿。

④ お父さんに頼まれて、＿＿＿＿＿＿＿＿＿＿＿＿＿＿＿＿＿＿＿。

⑤ 作文を書くのなら、原稿用紙で＿＿＿＿＿＿＿＿＿＿＿＿＿＿＿。

⑥ 私はどんなに勉強しても、＿＿＿＿＿＿＿＿＿＿＿＿＿＿＿＿＿。

⑦ この空模様では、どうも＿＿＿＿＿＿＿＿＿＿＿＿＿＿＿＿＿＿。

⑧ 簡単に見えるからと言って、＿＿＿＿＿＿＿＿＿＿＿＿＿＿＿＿。

⑨ 郵便局に行くんですか。この手紙をポストに＿＿＿＿＿＿＿＿＿。

⑩ 「わたしがやる」と約束した以上、＿＿＿＿＿＿＿＿＿＿＿＿＿。

7. 次の文を完成しなさい（解答は解答用紙に書きなさい）。

① 立春とはいうものの、＿＿＿＿＿＿＿＿＿＿＿＿＿＿＿＿＿＿＿。

② どんな人にでも、＿＿＿＿＿＿＿＿＿＿＿＿＿＿＿＿＿＿＿＿＿。

③ ストーブがなくても、別に＿＿＿＿＿＿＿＿＿＿＿＿＿＿＿＿＿。

④ 学歴がないばかりに、＿＿＿＿＿＿＿＿＿＿＿＿＿＿＿＿＿＿。

⑤ このボタンを押すと、＿＿＿＿＿＿＿＿＿＿＿＿＿＿＿＿＿＿。

⑥ 鈴木さんに限らず、だれでも＿＿＿＿＿＿＿＿＿＿＿＿＿＿＿＿。

⑦ おもしろいことに、＿＿＿＿＿＿＿＿＿＿＿＿＿＿＿＿＿＿＿＿。

⑧ 国が豊かになると従って、＿＿＿＿＿＿＿＿＿＿＿＿＿＿＿＿＿。

⑨ 日本では北へ行けば行くほど、＿＿＿＿＿＿＿＿＿＿＿＿＿＿＿＿。

⑩ 家に帰ってくるやいなや、＿＿＿＿＿＿＿＿＿＿＿＿＿＿＿＿＿。

8. 次の文を完成しなさい（解答は解答用紙に書きなさい）。

① おしゃべりなおばさんは、とうとう＿＿＿＿＿＿＿＿＿＿＿＿＿＿。

② あの時の顔は、まるで＿＿＿＿＿＿＿＿＿＿＿＿＿＿＿＿＿＿＿。

③ 急いでいるものですから、お先に＿＿＿＿＿＿＿＿＿＿＿＿＿＿＿。

④ 風がよく通るように、＿＿＿＿＿＿＿＿＿＿＿＿＿＿＿＿＿＿＿。

⑤ 音楽における彼の才能は＿＿＿＿＿＿＿＿＿＿＿＿＿＿＿＿＿＿。

⑥ 足が不自由な人にとって、＿＿＿＿＿＿＿＿＿＿＿＿＿＿＿＿＿。

⑦ 私みたいな貧しい人は＿＿＿＿＿＿＿＿＿＿＿＿＿＿＿＿＿＿＿。

⑧ 人生には、山もあれば、＿＿＿＿＿＿＿＿＿＿＿＿＿＿＿＿＿＿。

⑨ 大学を出たからと言って、＿＿＿＿＿＿＿＿＿＿＿＿＿＿＿＿＿。

⑩ こんな当たり前のことは、＿＿＿＿＿＿＿＿＿＿＿＿＿＿＿＿＿。

9. 次の文を完成しなさい（解答は解答用紙に書きなさい）。

① 電車を降りたあとで、＿＿＿＿＿＿＿＿＿＿＿＿＿＿＿＿＿＿＿。

② 楽しくもなければ、＿＿＿＿＿＿＿＿＿＿＿＿＿＿＿＿＿＿＿＿。

③ せっかくですけれども、あいにく＿＿＿＿＿＿＿＿＿＿＿＿＿＿＿。

④ 嫌いだからといって、＿＿＿＿＿＿＿＿＿＿＿＿＿＿＿＿＿＿＿。

⑤ 合格すると思っていたのに、＿＿＿＿＿＿＿＿＿＿＿＿＿＿＿＿。

⑥ 道が込んでいる時は、タクシーに乗るよりも、＿＿＿＿＿＿＿＿＿。

⑦ 赤ちゃんがもう少しで眠るところだから、＿＿＿＿＿＿＿＿＿＿＿。

⑧ 都心の人口増加にともなう＿＿＿＿＿＿＿＿＿＿＿＿＿＿＿＿＿。

⑨ あの人はふだん冗談ばかり言っていますが、仕事の話となれば＿＿＿
＿＿＿＿＿＿＿＿＿＿＿＿＿＿＿＿＿＿＿＿＿＿＿＿＿＿＿＿＿＿。

⑩「日本語はお上手ですね。」「いいえ、＿＿＿＿＿＿＿＿＿＿＿＿。」

10. 次の文を完成しなさい（解答は解答用紙に書きなさい）。

① 計画の失敗は 彼の責任＿＿＿＿＿＿＿＿＿＿＿＿＿＿＿＿＿＿。

② 彼が家にいるか分らないが、とにかく＿＿＿＿＿＿＿＿＿＿＿＿＿＿＿＿＿。
③ あなたがあったからこそ、＿＿＿＿＿＿＿＿＿＿＿＿＿＿＿＿＿＿＿＿。
④ お酒を少し飲んだだけで＿＿＿＿＿＿＿＿＿＿＿＿＿＿＿＿＿＿＿＿＿。
⑤ お金をたくさん持っている人が、＿＿＿＿＿＿＿＿＿＿＿＿＿＿＿＿。
⑥ 彼はわたしの言ったことを＿＿＿＿＿＿＿＿＿＿＿＿＿＿＿＿＿＿＿。
⑦ 独身のうちに、＿＿＿＿＿＿＿＿＿＿＿＿＿＿＿＿＿＿＿＿＿＿＿＿。
⑧ 彼女は年齢のわりには＿＿＿＿＿＿＿＿＿＿＿＿＿＿＿＿＿＿＿＿＿。
⑨ ひどい目に会ったのだから、あんなところへは＿＿＿＿＿＿＿＿＿＿。
⑩ 森：さっき田中さんにもらったお菓子です。美味しそうでしょう。た
　　くさんあるから、すこしあげましょう。
　　スミス：どうもありがとう。＿＿＿＿＿＿＿＿＿＿＿＿＿＿＿＿＿。

（五）完成句子参考答案

1.
① 性能もすばらしい
② 1時間かかります
③ 本を持ってくるのを忘れた
④ 決して後悔はしません
⑤ どうすればいいか
⑥ 郵便局に寄って切手を買ってくるつもりだ
⑦ 少々お待ちください
⑧ 会えないでしょう
⑨ 一日も早く日本の習慣に慣れるつもりだ
⑩ 勉強をしないで、遊んでいるのはよくないことだ

2.
① 電話がかかってきた
② 今度ひどい目にあった
③ 彼に追い付くことができない
④ 相手が傷つくことがある
⑤ スポーツなら何でも上手だ
⑥ 観光客の数は増えてきました
⑦ 歩いていくことにしました

⑧ お見えになると思います
⑨ まだ十分にある
⑩ 今来たところです

3.
① 教えてくれない
② 寝てしまった
③ この夏は雨が多いそうだ
④ まだ子供のようだ
⑤ ベルが鳴った
⑥ 仕事に復帰するわけにはいかない
⑦ はっきりした態度をとった方がいい
⑧ ご遠慮いただけませんか
⑨ 周りの人にも害がある
⑩ 毎日食べていれば、いやになるものだ

4.
① 中国人は誰でも知っている
② 覚えられません
③ 私にとって大きな勉強になった
④ 今帰ったところです
⑤ 泣かずにはいられない
⑥ 子供のころのことを思い出す
⑦ 失敗するだろう
⑧ めったに会いません
⑨ 過ごさせていただきました
⑩ その時は私と一緒にいったから

5.
① 忘れられない
② 頭がふらふらします
③ とても読めません
④ どこへ行きたいですか
⑤ 出かける前に電話がかかったからです
⑥ 女子学生の就職はかなり厳しい
⑦ 中国語もフランス語も知っています

⑧ あの人は金持ちに違いない

⑨ いまよろしいですか

⑩ やはり離婚するのが一番いいということになった

6.

① 早く帰りましょう

② 許さない

③ 体が弱くなってきた

④ 切符を買いに行った

⑤ なくてはならない

⑥ あの人ほどは上手になれません

⑦ 雨が降りそうだ

⑧ すぐできるとは限りません

⑨ 入れてもらえませんか

⑩ 何があっても最後までやります

7.

① 春はまだ遠い

② いいところと悪いところがある

③ 寒いとも思わない

④ いい会社に就職できない

⑤ お湯が出ます

⑥ 油断すると失敗しますよ

⑦ このロボットは歌を歌うことができるのです

⑧ 私たちの生活も豊かになった

⑨ 寒くなります

⑩ 大きな声で泣きだした

8.

① 帰ってしまった

② 死んだ人のようだった

③ 失礼いたします

④ もっと窓を開けなさい

⑤ 実にすばらしいものです

⑥ 駅の階段は大変です

⑦ とても買えません

⑧ 谷もあります

⑨ 必ずしも教養があるとはいえません

⑩ わざわざ説明するまでもない

9.

① 忘れ物をしたことに気が付いた

② 悲しくもない

③ 病気で行けない

④ 野菜を食べないと体に悪いよ

⑤ 不合格だった

⑥ むしろ歩いたほうが早い

⑦ ちょっと静かにしてください

⑧ 住宅問題は深刻化する

⑨ 急に真面目になります

⑩ そんなことはありません

10.

① にほかならない

② 入ってみようよ

③ この事もうまくいったのです

④ 顔が真っ赤になる

⑤ 必ずしも幸福だとは限りません

⑥ 聞こうとしない

⑦ いろいろなことをやってみたいです

⑧ 若く見える

⑨ もう二度と行かない

⑩ それでは遠慮なくいただきます

（六）十篇作文例文

1. 次の要領で解答用紙に作文をしなさい。

題　　目：なぜ日本語を勉強しているか

注意事項：① 文体：常体（簡体）；

　　　　　② 字数：350～400；

　　　　　③ 文体が間違った場合、字数オーバーまたは不足の場合は減

点になる

2. 次の要領で解答用紙に作文をしなさい。

題　　目：試験の意義

注意事項：① 文体：常体（簡体）；

　　　　　② 字数：350～400；

　　　　　③ 文体が間違った場合、字数オーバーまたは不足の場合は減
　　　　　　 点になる

3. 次の要領で解答用紙に作文をしなさい。

題　　目：ほんとうの豊かさは何か

注意事項：① 文体：常体（簡体）；

　　　　　② 字数：350～400；

　　　　　③ 文体が間違った場合、字数オーバーまたは不足の場合は減
　　　　　　 点になる

4. 次の要領で解答用紙に作文をしなさい。

題　　目：恩師への手紙

注意事項：① 手紙文の一般的な形（前文、主文、後付け）で書くこと

　　　　　② 主文では主に大学での勉強について書くこと

　　　　　③ 字数は350～400 字にすること

5. 次の要領で解答用紙に作文をしなさい。

題　　目：教育について

注意事項：① 文体：常体（簡体）；

　　　　　② 字数：350～400；

　　　　　③ 文体が間違った場合、字数オーバーまたは不足の場合は減
　　　　　　 点になる

6. 次の要領で解答用紙に作文をしなさい。

題　　目：ペット

注意事項：① 文体：常体（簡体）；

　　　　　② 字数：350～400；

　　　　　③ 文体が間違った場合、字数オーバーまたは不足の場合は減
　　　　　　 点になる

7. 次の要領で解答用紙に作文をしなさい。

題　　目：環境について

注意事項：① 文体：常体（簡体）；

② 字数：350～400；

③ 文体が間違った場合、字数オーバーまたは不足の場合は減点になる

8. 次の要領で解答用紙に作文をしなさい。

題　　　目：日本語の授業

注意事項：① 文体：常体（簡体）；

② 字数：350～400；

③ 文体が間違った場合、字数オーバーまたは不足の場合は減点になる

9. 次の要領で解答用紙に作文をしなさい。

題　　　目：私の友達

注意事項：① 文体：常体（簡体）；

② 字数：350～400；

③ 文体が間違った場合、字数オーバーまたは不足の場合は減点になる

10. 次の要領で解答用紙に作文をしなさい。

題　　　目：日本の敬語

注意事項：① 文体：常体（簡体）；

② 字数：350～400；

③ 文体が間違った場合、字数オーバーまたは不足の場合は減点になる

なぜ日本語を勉強しているか

日本語を勉強し始めてから、約2年になる。友達の中に私がなぜ日本語を勉強しているのかと尋ねる人がたくさんいる。また、日本へ行ったら何をするつもりなのか、日本人とどういう関係を持ちたいのかを尋ねる。私はテレビや新聞で日本についてたくさん見たり聞いたり読んだりしたが、どういうふうにして日本があんな大きい国になったのか、とても不思議です。また、この国の人々はさまざまな伝統的なものを持っている。相撲や歌舞伎や生け花などは、今も人気があると思う。私の知りたいことは、この国の人々が伝統的なものと現在の経済発展との関係をどのように考えているかということだ。私には日本人の友達がたくさんいる。これから、日本語をもっと勉強して、日本人のものの考え方を理解したいと思っている。

試験の意義

　普段の小テストから、大学の入学試験まで、学生生活で直面する試験は数え切れないほどある。しかし、多くの学生が試験は嫌いだと思っている。

　学生の立場からすれば、試験のために自分の好きでもない本を読まなければならない。興味もない学問を勉強しなければならない。また、成績の良し悪しによって、人々にいい学生かどうか評価される。試験が教育の目的なのだろうかという疑問もわいてくる。応用できない知識は、試験のために覚えたとしても、後になって忘れてしまうことが多い。これはもはや時間と労力の無駄使いと言える。

　一方、先生の立場から見れば、試験は学生の到達度を知るのに欠かせないものだ。試験がないと、学生がどこまで勉強したか分からないし、教育の効果も把握できない。今のところ、試験を廃止することは不可能だ。このことを認識したうえで、学生は勉強に取り組んだほうがいい。

ほんとうの豊かさは何か

　小さい時、私は金持ちになって豊かな生活をするのが夢だと言った。この話を父にすると、父はただ笑って何も言わなかった。

　でも、だんだんほんとうの豊かさは何かが分かるようになった。それは親が自分の行動で私たちに教えてくれたからのだ。父と母は一緒に旅行へ行ったことが一度もない。父はいつも「旅行へ行くより、家族と一緒に散歩したりすることのほうが楽しい」と言う。親は今も一生懸命に働いている。でも親は金持ちになるためではなく、家族と私たちのために力を尽くしているのだ。人生はお金だけではない。物質的な豊かさも重要だが、それよりも親の愛情や友情など、もっと輝くものがあると思っている。左団扇の生活より、今家族と一緒に頑張る生活のほうが、もっと豊かさだと私は思う。

　短い人生をどんなに充実させて過ごすかは私たちが考えなければならないことだ。

恩師への手紙

拝啓

　若葉の眩しい季節になりました。ずいぶんご無沙汰いたしておりますが、その後、いかがお過ごしでしょうか。

　さて、私こと、三年間の高校生活を終え、このたび、憧れの大学に入ることが

できました。これはまったく高偉先生をはじめ多くの方々の教えのおかげと感謝いたしております。幼い頃から夢見ていた通訳の仕事、高校時代には先生にもお話したことがありますね。覚えてくださっていますか。

高校時代に、死にもの狂いで勉強したわけではありませんので、これからが大変だろうと覚悟しております。大学での勉強は高校のそれとだいぶ違って、授業の時間数はそれども多くはないから、自由学習の時間が十分あります。でも、レポートを書かせられることがあるから、参考書をたくさん読まなければ書けません。私にとっては、ちょっと難しいと思いますが、一生懸命に努力いたしますので、今後ともよろしくご指導ください。

先生もお体に十分気をつけて、後輩たちの指導にお励みください。

敬具

四月二十五日

王静

高偉先生

教育について

子供のころは、人前で自分のことを褒められるのが大嫌いだった。だが、今の学校教育では子供を褒める機会が極端に少ないのではないだろうか。

今の学校教育は、子供の不得意な部分を伸ばす努力はするが、得意なところをさらに伸ばすようなことはしない。子供は褒められる機会が少ない。

人前で褒められることは嫌いだったが、褒められることによって、私は自分に「自信」を持つことができた。自分の存在を認められているような気持にもなった。だから、褒めることは実は子供にとって大切なのだ。

今の少年たちが犯す罪は、自分の存在を認めてほしいという心の叫びなのではないだろうか。少年たちがもっと褒められる機会を持っていれば、彼は犯罪という形ではないやり方で、自分の存在を主張できたのではないか。

これは教育に関する一つの問題點だと思っている。

ペット

私は小動物が好きで、小さい頃犬を飼っていた。友達の犬が子供をたくさん生んだので、1匹もらったのである。私の家に来た時は、小さくておとなしかったので「チビ」という名をつけた。しかし、だんだん大きくなって、よくほえるようになった。

餌を作るとか、近くの公園を散歩させるとか、チビの世話は全部私がやった。私ととても仲良しで、ご飯の前に、「おすわり」と言ったら、ちゃんと座ってくれるのである。でも、そのほかには、あまりしつけをしなかった。チビは一度近所の子供にかみついたことがある。子供は、怪我はしなかったが、私は犬を連れて謝りに行った。

　動物を飼う上で、しつけはとても大切だと思った。

環境について

　われわれはいつも「環境を保護せよ。」とよく口にする。でもこれを実際に行動に移すのはむずかしい。社会が発展するとともに、国々で石油を原料としていろいろな工業品を使っているが、実はこういうものからいろいろな環境破壊、環境汚染が出て来る。

　また一つの例は森林破壊だ。森林は人類だけではなくて、地球にとっても一番重要な物だとも言える。それなのに、人類は今いちばん大切なものを自分の手で破壊している。ほかにも海にごみ箱とかあきびんなどを捨てたり、ゴルフ場下流の汚染など、いろいろあるけど、結局人間自身の営みの結果だ。

　環境は人類の生命と同じくらい大切だ。いくら口で環境を保護せよと言っても、何の役にも立たない。いちばん大切なのは、自分から早めに意識して、早めに実際に行動に移すことだと考える。21世紀に向かうわれわれにとって、もっとうつくしい環境、もっと清潔な環境をつくるのが、我々の責任だと考える。

日本語の授業

　私は日本語学部の学生で、日本語の授業が大好きだ。なぜかと言うと、先生はとてもおもしろく授業をやってくれるから。初めての日本語の授業の時、私たちは何も分からないから、ちょっと慌てていた。先生はやさしく「あ、い、う、え、お」の読み方と書き方を教えてくれた。そして、日本語と中国語の関連とか、文化のつながりとかも、詳しく紹介してくれた。それを聞きながら、つまらない音声勉強もおもしろく、また簡単になった。私たちが基礎文法を学んだ後、先生は授業のとき、テキストのほかに、日本の新聞のニュースも教えてくれた。新鮮な情報を手に入れて、私たちはすごく興奮している。日本の流行とか、社会問題とか、普通の日本人の暮らしとか、いろいろ分かるようになった。本当におもしろい。語学勉強はいつもつまらないといわれている

が、私たちにとって、全然そうではない。それどころか、大変おもしろい。私たちは毎日日本語の授業を待っているよ。

私の友達

私は積極的な性格だから、友達がたくさんいる。中には女の友達もいるし、男の友達もいる。しかし、一番仲がよいのは李華さんと言う友達だ。彼女と初めて会ったのは高校生になった時だ。学校の運動会で同じ運動会の項目に出たことがきっかけで、友達になった。

李華さんは私と反対に女らしくやさしくて、素直だ。李華さんは趣味が広いが、絵を描くことが一番好きで上手だ。彼女は自分で描いた絵を何枚もくれた。

李華さんは私と同じ年だが、いつも私の悩みを聞いてくれて、私には本当のお姉さんのような人だ。私がさびしい時や困った時はいつでも力になってくれた。

李華さんは今、デザイナーになって有名な洋服の会社に勤めて、毎日忙しいようだ。私が日本へ来ているので会えないが、暇な時手紙を書き、電話も時々かけている。これからもずっと仲良くしていきたい。

日本の敬語

敬語は日本の言語生活の中で重要なものと考えられている。今日、世界の中では日本ほど敬語を使っている国はないと思う。日本に着いてから、到る所で敬語が使われて、人と人の関係を円滑にしているのを見て、そうした雰囲気はすばらしいと思った。

相手に対して敬語を使えば感情をむき出しにして、ぶつかり合うこともなくなり、尊敬や親しみの気持ちも涌いてくる。こうした人間関係は集団で何か仕事をする場合などに大変大きな力となり、よい成果が得られる。日本人が団体で行動する時に強い力を発揮するのは、たぶん以上述べたことによるところが大きいと思われる。

しかし、ある面では形式的に使われている敬語に対して、敬語不必要論も聞かれる。だが、心の伴った敬語の使用は、人間性の尊重、思いやり、協調性などを育み、よい人関係を作ると思う。私たちはもっと敬語に関心を持つべきだろう。

附 录

2005 年真题及答案、听力文字内容

2005 年大学日本語専攻生四級能力試験問題

（試験時間：160 分）

注意：解答はすべて解答用紙に書きなさい

第 一 部 分

一、聴解(1×25＝25 点)

二、次の文の下線をつけた単語の正しい読み方や漢字を、後ろのA、B、C、D、から一つ選びなさい。(1×10＝10 点)

21. この荷物は<u>船便</u>で送る。
    A. ふねべん   B. ふねびん   C. ふなべん   D. ふなびん

22. 木村さんはあの先生の授業を<u>面白</u>がっている。
    A. めんしろ   B. めんじろ
    C. おもしろ   D. おもじろ

23. <u>納得</u>がいくまで、この問題については話し合う方がいい。
    A. のうとく   B. なとく   C. なつとく   D. なっとく

24. あなたが説明すれば、みんなおとなしく<u>頷</u>いてくれるだろう。
    A. うなず   B. うなつ   C. ふなず   D. ふなつ

25. この助詞は意志的な<u>動作</u>の場合に限って使える。
    A. どうさく   B. どさく   C. どうさ   D. どさ

26. 日本語には、話し手が聞き手の内面を直接的に表現することを<u>この</u>まない傾向がある。

A. 好　　　　　B. 喜　　　　　C. 悪　　　　　D. 厭

27. 改革開放してから二十数年このかた、中国は<u>たくましく</u>発展した。

A. 盛　　　　　B. 卓　　　　　C. 速　　　　　D. 逞

28. 救助のヘリコプターが下ろしたロープを、男は<u>しっかりとつかま</u>えた。

A. 揪　　　　　B. 摑　　　　　C. 抓　　　　　D. 握

29. 家に<u>ないしょ</u>で、友達を誘って外へ出かけた。

A. 内書　　　　B. 内緒　　　　C. 内助　　　　D. 内粗

30. 会談は<u>なごや</u>かな雰囲気の中で行われた。

A. 和　　　　　B. 睦　　　　　C. 温　　　　　D. 粛

　　三、次の文に＿＿＿＿＿＿に入れるのに最も適当な言葉を、後ろのA、B、C、D、から一つ選びなさい。(1×15＝15点)

31. 雨が降っても＿＿＿＿＿＿試合は続いている。

A. なるべく　　B. なお　　　　C. いっそう　　D. すっかり

32. あの人は＿＿＿＿＿＿こわそうだが、本当は心のやさしい人だ。

A. 今にも　　　B. 正に　　　　C. 一見　　　　D. 知見

33. こちらは私の父の兄、＿＿＿＿＿＿私の伯父です。

A. つまり　　　B. なるほど　　C. やっぱり　　D. 実際は

34. 郵便局に行く＿＿＿＿＿＿たばこ買ってくれない。

A. ところに　　B. とおりに　　C. ついでに　　D. どころか

35. 彼の＿＿＿＿＿＿にも程がある。

A. 物好き　　　B. お好む　　　C. お好み　　　D. 好き

36. この案は、一時＿＿＿＿＿＿にする。

A. 持ち上げ　　B. 切り上げ　　C. 荷上げ　　　D. 棚上げ

37. 私は「山下」＿＿＿＿＿＿人は知りません。

A. なんか　　　B. なんだ　　　C. なんて　　　D. なんで

38. 上海の李様、＿＿＿＿＿＿ましたら、受付までお越しください。

A. いらっしゃい　B. いられ　　　C. おり　　　　D. い

39. 「美味しいケーキを買ってきましたので、＿＿＿＿＿＿ませんか。」

A. いただき　　B. 召し上がり　C. 食べられ　　D. 食われ

40. 彼は＿＿＿＿＿＿と努力して、ついに大発明をした。

A. なくなく　　B. しぶしぶ　　C. きびきび　　D. こつこつ

41. 引越しの時、せっせと大きい荷物を運ぶ弟がとても＿＿＿＿＿＿思えた。
    A. 親しく　　　　B. 頼もしく　　　　C. 甚だしく　　　　D. やかましく

42. 大学は卒業した＿＿＿＿＿＿就職せずにブラブラしている者が増えている。
    A. ことの　　　　B. わけの　　　　C. はずの　　　　D. ものの

43. 激しい雨＿＿＿＿＿＿サッカーの試合は続けられた。
    A. にもかけておらず　　　　　　　　B. にもかからず
    C. にもかけず　　　　　　　　　　　D. にもかかわらず

44. 都市の生活は、便利である＿＿＿＿＿＿、忙しくゆとりのない生活でもある。
    A. 反辺　　　　B. 反面　　　　C. 反則　　　　D. 反手

45. 会議の＿＿＿＿＿＿に、携帯がなってしまた。
    A. 中　　　　B. 際　　　　C. 最中　　　　D. うち

四、次ぎの分の＿＿＿＿＿＿に入れるのに最も適当を、後のA、B、C、D、から一つ選びなさい。(1×15＝15)

46. 梁さんは毎日二時間＿＿＿＿＿＿日本語を勉強します。
    A. で　　　　B. に　　　　C. ずつ　　　　D. まで

47. おかしなことを言ったので、私はみんな＿＿＿＿＿＿笑われました。
    A. に　　　　B. で　　　　C. と　　　　D. は

48. 長いの＿＿＿＿＿＿短いの＿＿＿＿＿＿ばかりで、適当なのは一つもなかったんです。
    A. もも　　　　B. でで　　　　C. などなど　　　　D. とかとか

49. 彼は部屋の中＿＿＿＿＿＿行ったり来たりしています。
    A. を　　　　B. で　　　　C. に　　　　D. へ

50. このごろ、猫の手も借りたい＿＿＿＿＿＿忙しいです。
    A. さえ　　　　B. くらい　　　　C. ばかり　　　　D. のみ

51. あそこは空気もきれいだ＿＿＿＿＿＿、景色もいいので、ときどき行きます。
    A. って　　　　B. ったり　　　　C. し　　　　D. に

52. あの人は熱を出している＿＿＿＿＿＿外で運動しています。
    A. ので　　　　B. のに　　　　C. ほど　　　　D. でも

53. ここはバスも電車もないところだから、歩いていく＿＿＿＿＿＿ありま

せん。

    A. だけ   B. ばかり   C. しか   D. ぐらい

54. あまり遠く_____なければ、子供たちを連れて行ってもかまいません。

    A. でも   B. こそ   C. さえ   D. て

55. あの小説は借りた_____で、まだ読んでいません。

    A. くらい   B. ほど   C. ずつ   D. きり

56. 最初はいらいらしていた学生たちが、一週間後には落ち着く_____。

    A. ことができます   B. ようにできました

    C. ことになりました   D. ようになりました

57. いつもそのお話を聞いているので、もう全部丸暗記する_____。

    A. とはかぎません   B. とはいません

    C. までになりました   D. ばかりになりました

58. 車のブレーキが壊れたようですが、ちょっと_____。

    A. 見せてくれませんか   B. 見てくれませんか

    C. 見られませんか   D. 見えませんか

59. 景気が悪いから、わたしの友達の中にも_____人かいます。

    A. 失業させられた   B. 退社させられた

    C. 辞めてもらわれた   D. 首に切らせられた

60. 正確な時間はもう今は思い出せないが、いつもより一時間は_____。

    A. 早かったと思います   B. 早いと思いました

    C. 早いと思い出しました   D. 早かったと思い出しました

    五、次の文章の空欄にいる最も適当な言葉を、あとのA、B、C、D、から一つ選びなさい。(1×10＝10)

    地球の長い歴史の中で、今からおよそ35億年以上も前に生命が海で誕生したと言われています。[61]、原始的な生物が進化の長い道のりをへて海の中で徐徐に変化し、一部の生物はやがて陸上へとあがっていったといわれています。陸上動物の体液が、海水の組成に非常によく似ていることはよく知られています。このため、海は「生命の源」、「母なる海」などと言われます。

    [62]、私たち人間はどのような環境でも生きられるのではなく、大まか

に見た場合には、地球をとりまく大気が現在のような条件下[　63　]、安定した生活は成り立たないのです。温度にしても、湿度にしても、酸素あるいは二酸化炭素にしても、[　64　]範囲の中でなければ、人間は長期にわたって安定して生活しつづけることは不可能です。このような大気の条件を比較的安定した状態を保つのに、海はきわめて重要な役割を演じているのです。食糧の供給というような面のみならず、人間生存の場としての地球の環境を維持する[　65　]海のはたしている役割を正しく理解することは、私たちが快適な生活をつづけるためにも、[　66　]他の多くの生物がこの地球上で繁栄しつづけるためにも、たいせつであるといわなければなりません。

　昔から「青い海」とよく言われてきました。[　67　]人工衛星から撮影した地球の写真を見ると、海のかなりの部分が青く見えます。しかし、ミクロに見ると、内湾や沿岸部をはじめとして、海の汚れは近年いちじるしいものがあります。海岸に立って見たとき海が青く美しく見える場所は、現在の日本ではどのぐらいあるでしょうか。海の汚れは、その大部分が私たち人間のいろんな生活の結果なのです。[　68　]発展した産業活動はもちろんのこと、私たちの日常生活の結果としても海が汚れていきますし、戦争もまた海を直接間接に汚すことに大きくかかわっています。[　69　]、海洋開発の名のもとに、海の多面的な開発利用が各方面で検討されています。私たち人間は、陸にしても海にしても、それらを多かれ改変することなしには生きてゆけないまでに活動をひろげてしまいましたが、[　70　]、海の利用が、長い目で見て地球環境にどのような影響をおよぼすかを十分考慮したうえで、賢明に行動しなければならないときにきていることをつよく認識しなければなりません。

61. A. あっけなく　　　　　　　　　B. そのように
　　　 C. そうして　　　　　　　　　　D. うれしくも

62. A. ところが　　B. ところで　　C. ところに　　D. ところは

63. A. であれば　　B. になければ　　C. でなければ　　D. にあると

64. A. かぎった　　　　　　　　　　B. かぎられた
　　　 C. きめた　　　　　　　　　　　D. きめられた

65. A. うえで　　B. うえに　　C. ところで　　D. ところに

66. A. また　　B. しかし　　C. まだ　　D. でも

67. A. たぶん　　B. おそらく　　C. じつに　　D. たしかに

68. A. 著しく　　B. 宜しく　　C. 美しく　　D. 楽しく

69. A. 近代　　B. 近年　　C. 近況　　D. 時々

70. A. 今で　　　　B. 今と　　　　C. 今に　　　　D. 今や

六、読解問題

問題一、次の【文章1】【文章2】を読んで、それぞれ後の問いに答えなさい。
(1×10＝10点)

【文章1】

夏休みが終わって最初の日曜日である。小学五年生になる下の女の子が、今年の夏はさむくてプールにいけず、水泳の練習ができなかったと、突然言い出した。新学期になったらすぐ、二十五メートル泳ぐテストがあり、自分はどうしても合格しなければならないのだ、と。

要するに、今日プールに行きたいと①言っているのである。妻は小学校の校庭開放の当番にあたっている。高校一年生になる上の男の子は、夏休みの宿題が終わらないので追い込みだという。結局、②付き合えるのは私一人しかいないのだった。

「よし、お父さんと二人で行こう、特訓だ。」

私はそういってしまった。本当は早急に書かなければならない原稿もあったのだが、このところ机にずっと座り詰めで、③運動不足気味であった。私にしても、プールにいこうという誘いは、天の助けのようなものかもしれない。一人でなどとてもプールにはいかないのであるから。

71. ①言っているのは誰か、最も適当なものを次から一つ選びなさい。
   A. 筆者　　　　　　　　　　B. 妻
   C. 息子　　　　　　　　　　D. 娘

72. ②付き合えるとあるが、何のために付き合うのか、最も適当なものを次から一つ選びなさい。
   A. 水泳の練習　　　　　　　B. 校庭開放
   C. 夏休みの宿題　　　　　　D. 原稿書き

73. ③運動不足気味とあるが、なぜ運動不足気味なのか、最も適当なものを次から一つ選びなさい。
   A. ずっと娘に付き合っていなかったから
   B. ずっと原稿を書いていたから
   C. 夏休みで長く休んだから
   D. 早急に原稿を仕上げたから

【文章 2】

「何杯食べても四百円か」男は、ラーメン屋の立て看板に目をやると、すぐに店の中に入った。男は若く、体格がよく、かなりの大食漢。

ラーメンを一杯、軽く食べると二杯目に入った。

「お客さん、どんどん食べてください」

やがて、三杯目。これもクリア。

①「まだまだ遠慮しないで、もっと食べてもいいんですよ。」

「それにしても、②こんなことでよく商売が成り立つな。」

男は四杯目に入った。だがさすがに全部食べることはできなかった。

「もう腹一杯。四杯でやめておくよ。お勘定!」

「千六百円です。」

「えっ、四百円じゃないんですか。」

「おかしいな」と思い、看板を見ると、「何杯食べても一杯四百円」の間違いだった。

74. ①「まだまだ遠慮しないで、もっと食べてもいいんですよ。」とあるが、店の人はどういう考えでこう言ったか、最も適当なものを次から一つ選びなさい。

A. 客が食べれば食べるほどそれだけ自分がもうかると考えたから。

B. 客がラーメンをどんどん食べる様子が気持ちよく思えたから。

C. 客が遠慮していると思い、もっとすすめようと思ったから。

D. 客がとてもお中が空いていてかわいそうに思えたから。

75. 男が②こんなことでよく商売が成り立つな。と考えたのはなぜか、最も適当なものを次から一つ選びなさい。

A. その店の人が自分に無理に食べさせようとしたから。

B. その店ではラーメンが一杯四百円しかしなかったから。

C. その店で食べたラーメンがあまりおいしくなかったから。

D. その店のラーメンは何杯食べても四百円だと思ったから。

問題二、次の文章を読んで、後の問いに答えなさい。(1×10＝10 点)

日本人に個性がないということはよく言われていることだけれど、今世界的に、一週間、或いは年間にどれだけ働くか、ということについて、常識的な申し合わせが行われていることには、私は①いつも違和感を覚えている。

私は毎年、身体障害者の方たちとイスラエルやイタリアなどに巡礼の旅をしているが、一昨年はシナイ山に上った。盲人も六人、ボランティアの助力を

得て頂上を究めた。

　普段、数十歩しか歩けない車椅子の人にも、頂上への道を少しでも歩いてもらった。②障害者にとって山頂は、決して現実の山の頂きではない。もし普段百歩しか歩けない障害者が、頑張ってその日に限り、山道を二百歩歩いて力尽きたら、③そここそがその人にとっての光栄ある山頂なのである。

　④人間が週に何時間働くべきか、ということにも、ひとりひとりの適切な時間があると思う。労働時間を一律に決めなければならない、とするのは専門職ではない、未熟練労働に対する基準としてのみ有効である。

　未熟労働者の場合は、時間あたりの労働賃金をできるだけ高くし、それによって労働時間を短縮しようとして当然である。

　しかし⑤専門職と呼ばれる仕事に従事する人、労働報酬の時間あたりの金額など、ほとんど問題外だ。

　私は小説家だが、小説家の仕事も専門職に属するから、一つの作品のためにどれだけ時間をかけようと勝手である。短編をほんの二、三時間で書いてしまうこともあるし、十年、二十年と資料を集め調べ続けてやっと完成するものもある。一つの⑥作品に私がどれだけの時間や労力や調査費をかけようが、昼夜何時間ずつ働こうが、ソレハ私がプロである以上、自由である。

　日本社会の中には、職場の同僚がお互いに⑦牽制するので、取ってもいいはずの休みも取れない人が確かにかなりいる。小さな会社の社長に頼みこまれると、したくもない残業をしなければならなくなる社員もいる。そうしないと会社が潰れて失職をすることが⑧目に見えているからである。その結果「過労死」などということも稀には起きることになる。

　しかし、日本人の中には、仕事が趣味という人も実に多い。ブルーカラー（注1）と呼ばれている人たちの中にさえ、どうしたら仕事の能率が上がるか考えている人はざら（注2）である。趣味になりかけているものが、たまたま会社の仕事だから、時間が来たら帰らねばならない、というのもおかしなことだ。それは⑨プロ（注3）の楽しみを妨げることであって、一種の個人の自由の束縛というものである。

　ただそれほど働きたくない人は仕事をしない自由を完全に守れるように、社会は体制を作り変えるべきである。

　　（注1）ブルーカラー：肉体労働者
　　（注2）ざら：同類がいくらでもあって珍しくない様子
　　（注3）プロ：職業的、専門的

76. ①いつも違和感を覚えているとはなぜか、最も適当なものを次から
一つ**選びなさい**。

A. 日本人に個性がないと言われているから。

B. 世界的に労働時間が決められているから。

C. 適切な労働時間は人によって異なるから。

D. 未熟練労働に時間基準を設けているから。

77. ②障害者にとって山頂は、決して現実の山の頂きではない。とある
が、それはなぜか、最も適当なものを次から一つ**選びなさい**。

A. 障害者にとって少し上っただけでは、現実の頂上に上ったとは言
えないから。

B. 障害者にとって少し上っただけでも、現実の頂上に上ったのと同
じだから。

C. 障害者にとっての頂上は現実の頂上よりもずっと高いものだ
から。

D. 障害者にとっての頂上は現実の頂上よりもずっと低いものだ
から。

78. ③そこは何を指しているのか、最も適当なものを一つ**選びなさい**。

A. 百歩歩いたところ 　　　　　B. シナイ山の頂上

C. 力尽いたところ 　　　　　　D. 現実の山の頂

79. ④人間が週に何時間働くべきか、ということにも、ひとりひとりの適
切な時間があると思う。のはなぜなのか、最も適当なものを次から
一つ**選びなさい**。

A. 未熟練労働者か専門職かで労働時間に対する考え方が違うから。

B. 労働報酬の時間あたりの金額を高くしなければならないから。

C. 未熟練労働者は長時間働かなければならないから。

D. 小説家は専門職だから。

80. ⑤専門職と呼ばれる仕事に従事する人、労働報酬の時間あたりの金
額など、ほとんど問題外だ。とあるが、それはなぜなのか、最も適当
なものを一つ**選びなさい**。

A. 専門職の人は、満足できるまですればよいから。

B. 専門職の人は、労働の時間を短縮できないから。

C. 専門職の人は、よりよい文章を書けばよいから。

D. 専門職の人は、よりよい仕事をすればよいから。

81. ⑥作品とあるが、ここでいう「作品」とは、どんなものか、最も適当なものを一つ選びなさい。

    A．二三時間だけかけて書く短編

    B．十年、二十年もかけて書く短編

    C．自分が満足できるまで書く短編

    D．読者が満足できるまで書く短編

82. ⑦牽制するとあるが、一体これは本文中でどういう意味で使われているか、最も適当なものを次から一つ選びなさい。

    A．相手の注意を自分の望む方に引きつけることによって、自由に行動できないようにすること

    B．相手が配慮することによって、自分が望む方に自由に行動できないようにされてしまうこと

    C．他人のことを自分の望む方に引きつけることによって、自由に行動できないようにすること

    D．他人のことなど配慮して、自分が望む方に自由に行動できないようにされてしまうこと

83. ⑧目に見えているとは本文中でどういう意味で使われているのか、最も適当なものを次から一つ選びなさい。

    A．事情がよく見られる。   B．事情が簡単に分かる。

    C．他人がよく眺めやる。   D．目にして知っている。

84. ⑨プロの楽しみとはどういうことか、最も適当なものを次から一つ選びなさい。

    A．専門職の作家が小説を趣味として書くこと

    B．仕事と趣味を互いに妨げなく両立させること

    C．納得のいく仕事をするために時間をかけること

    D．社長に頼み込まれてしたくもない残業すること

85. 筆者の主張に合っているものはどれか、最も適当なものを次から一つ選びなさい。

    A．職場の同僚に遠慮せずに休みはできるだけ取るべきだ。

    B．長時間働くのも、あまり仕事をしないのも、個人の自由だ。

    C．仕事が趣味の人も時間が来たら仕事を止めて帰らなければならない。

    D．労働時間の短縮は世界の流行だから、日本人ももっと休んで過労

死を防ぐべきだ。

第 二 部 分

七、次にある未完成の文を完成しなさい(解答は解答用紙に書きなさい)。
(1×10＝10点)

86. いくら探しても＿＿＿＿＿＿＿＿＿＿＿＿＿＿＿＿＿＿＿＿。

87. もしかしたら食堂に財布を＿＿＿＿＿＿＿＿＿＿＿＿＿＿＿。

88. 五年間も恋をした結果、とうとう＿＿＿＿＿＿＿＿＿＿＿＿。

89. すみません、聞こえないから、もう少し＿＿＿＿＿＿＿＿＿＿。

90. 彼は勉強もせずに＿＿＿＿＿＿＿＿＿＿＿＿＿＿＿＿＿＿＿。

91. ボーナスをもらったから、今日の食事代は私に＿＿＿＿＿＿＿
＿＿＿＿＿＿＿＿＿＿＿＿＿＿＿＿＿＿＿＿＿＿＿＿＿＿＿＿。

92. 普段勉強しなかったから、できないのは＿＿＿＿＿＿＿＿＿＿。

93. この荷物は百キロもあるから、いくらなんでも一人では＿＿＿＿
＿＿＿＿＿＿＿＿＿＿＿＿＿＿＿＿＿＿＿＿＿＿＿＿＿＿＿＿。

94. もしもし、留学生の王ですが、山田先生は＿＿＿＿＿＿＿＿＿＿
＿＿＿＿＿＿＿＿＿＿＿＿＿＿＿＿＿＿＿＿＿＿＿＿＿＿＿＿。

95. 日本人の先生に日本語の発音の指導を＿＿＿＿＿＿＿＿＿＿＿。

八、次の点に注意して、「自然を守ろう」という題で指定した用紙に作文を
しなさい。(15点)

(1) 文体は常体(簡体)にすること。

(2) 字数は350～400字にすること。字数オーバーまたは不足の場合は
減点になる。

聴解スクリプト

聴解(A)

次のテープの会話を聞いて、正しい答えをA、B、C、D、から一つ選びなさ
い。では、はじめです。

1番　飛行機は何時に飛びますか。

女：飛行機の離陸時間は五時ですよね。

男：いいえ、七時になりました。

女：え？　二時間も遅くなったんですか。

男：ええ。そうなんですよ。

女：じゃ、到着は夜の九時ですね。

男：ええ。

飛行機は何時に飛びますか。

A. 二時です。　　　B. 五時です。　　　C. 七時です。　　　D. 九時です。

2番　友達の誕生日のプレゼントについて話しています。何に決めましたか。

女：何がいいかしら。やっぱり部屋に置く物はいいわよね。

男：そうすると、人形とか、それとも花瓶？

女：もっと役に立つものがいいじゃない？

男：じゃ、時計だ。

女：持っているわよ、きっと。それより、写真立ては？

男：そうだね。じゃ、そうしよう。

二人はプレゼントを何に決めましたか。

A. 人形　　　　　　B. 花瓶　　　　　　C. 時計　　　　　　D. 写真立て

3番　男の人が女の人を連れてきました。ここはどこですか。

女：わあー、本がいっぱい、これほんとに全部漫画なの？

男：そうだよ。

店員：いらっしゃいませ。何になさいますか。

男：コーヒー二つ。

女：コーヒーいっぱいでずっといいの？

男：うんん、一時間すぎったら追加料金払うんだ。

女：へえー、まるで駐車料金みたい。

二人はどこで話していますか。

A. 資料室です。　　　　　　　　B. 料理屋です。

C. 喫茶店です。　　　　　　　　D. 駐車場です。

4番　女の人は何番のバスに乗りますか。

女：あの、新宿へ行くバスは何番ですか。

男：えーと、新宿へ行くのは六番ですね。

女：そうですか。有難うございます。

男：あ、そちらじゃありませんよ。そちらは八番と九番と十一番です。六番はこちらです。

女：ああ、どうも。

女の人は何番バスに乗りますか。

A．六番です。　　　　　　　　　　B．八番です。

C．九番です。　　　　　　　　　　D．十一番です。

5番　女の人が駅で切符を買っています。この女はいくら払いますか。

女：福岡まで特急で行きたいですけど、いくらですか。

男：乗車券 4500 円。それに特急料金 3600 円ですから、合計 8100 円です。

女：乗車券 4500 円、特急料金 3600 円ですね。

男：ええ。もし指定席ご利用をなさるのでしたら、さらに 500 円必要です。

女：指定券は要りません。そうすると…

この女はいくら払いますか。

A．8600 円　　　　B．8100 円　　　　C．4500 円　　　　D．3600 円

6番　男の人と女の人が話しています。女の人は仕事の後、どうしますか。

男：仕事の後、みんなで飲みに行きませんか。

女：あ、今晩はちょっと…昨日は遅かったんで、今日は早く帰りたいです。

男：そうですか。山本さんはどうかな？

女：山本さんは今晩デートだって言っていましたよ。

女の人は仕事の後、どうしますか。

A．飲みに行く。　　　　　　　　　B．デートする。

C．家へ帰る。　　　　　　　　　　D．残業する。

7番　木村さんは学校を早退しました。早退するというのは、どんな意味

ですか。
　女：木村さんいます。
　男：木村さんは早退しました。
　女：早退?
　男：ええ。昼ごろ帰りましたよ。病院へ行くそうです。
　女：あっ、帰ったんですか。

早退するというのは、どんな意味ですか。
A. 授業の途中で帰るということです。
B. 学校を休むことです。
C. 学校に遅れてくることです。
D. 授業で外へ行くことです。

8番　飛行機の中で二人が話しています。男の人はこれからどうしますか。
　男：あのう、これから寝ようと思うんですが。
　女：でも、後三十分で食事ですよ。食事の後にしたらいかがですか。
　男：ええ、あまり、お腹が空いていないんですよ。
　女：食事は決まった時間にした方がいいですよ。
　男：そうですね。じゃ、食事の時間になったら、起こしていただけますか。
　女：ええ、いいですよ。

男の人はこれからどうしますか。
A. 寝た後で食事をします。
B. 食事をした後で寝ます。
C. 寝ないで食事をします。
D. 何も食べずに寝ます。

9番　男の人と女の人は話しています。今何時ごろですか。
　女：こんにちは、ちょっとすみません。今何時でしょうか。
　男：ああ、どうだな、もうそろそろお昼だな。後、二、三十分で。
　女：あっ、そうですか。でも、失礼ですが、時計も見ないで分かるんですか。
　男：そうだな。町から来る人はみんなそう言うな。だが、分かるんだよ。

間違いなく。

　女：へえ、でもどうやって？

　男：今の季節なら、ほら、あそこに大きな木が見えるだろう。

　女：ええ、あの山の上ですね。

　男：あの木の上に太陽が来た時は大体 12 時なんだよ。

　女：なるほど、こういうわけだったんですか。

今何時ごろですか。

A. 午後二時三十分ごろ。

B. 午後一時三十分ごろ。

C. 午後 12 時三十分ごろ。

D. 午後 11 時三十分ごろ。

10 番　学生三人で話しています。この三人は送別会に参加しますか。

　男：明日のパーティー、参加する？

　女：ええ、行くわ。

　男：田中は？

田中：ふんん、あまり行きたくないけど。ぼくは行かないってわけには行か

ないよ。

　女：そりゃそうよ。

　男：じゃ、よろしくね。僕はいけないけど。

この三人は送別会に参加しますか。

A. 一人参加します。

B. 二人参加します。

C. 三人参加します。

D. 四人参加します。

11 番　電話がかかってきました。女の人はどうすればいいですか。

　女：はい、留学生課でございます。

　男：あの、中国の留学生の王ですが。

　女：はい、どんなご用でしょうか。

　男：小林さんお願いしたいんですが。

女：あの、小林はちょっと席を外しておりますが。

男：あっ、そうですか、困ったなあ。

女：お急ぎですか。

男：ええ、まあ。

女：では、戻り次第こちらから電話するように伝えますので、念のために、お電話番号を伺っておきますか。

男：いや、今出先からなので、電話があったとお伝えください。

女：かしこまりました。

　　女の人はどうすればいいですか。

A．王さんにあとで電話をします。

B．小林さんのいるところを王さんに教えます。

C．王さんのいるところを小林さんに教えます。

D．王さんから電話があったことを小林さんに伝えます。

12番　男の人と女の人が買い物に来ました。誰が何を買いますか。

男：あっ、あのシャツいいなあ。俺、これ買おうかなあ。

女：ほんと。いいわね。私ほしいなあ。

男：えー、これ、男物だぜ。

女：だって、気に入ったもん。それに、女の人が男物着るのがはやってるんだから。

男：そんなもんか。

女：ね、二人で同じものを買いましょうよ。

男：俺、いやだよ。そんなの着られないなあ。君買えば。

女：じゃ、そうするわ。

誰が何を買いますか。

A．女の人が男物のシャツを買います。

B．女の人が女物のシャツを買います。

C．男の人が男物のシャツを買います。

D．男の人が女物のシャツを買います。

13番　女の人が子供を連れてバスに乗ります。女の人はいくら払いま

すか。

　　女：すみません。大人一人と子供三人ですが。

　　男：大人は200円、子供は半額。

　　女：大人は200円で、子供は半分ですね。

　　男：そうです。あっ、そのお子さん、お幾つ。

　　女：四歳なんですけど。

　　男：ああ、その子はただ。

　　女：あっ、そうですか。じゃ、大人一人と子供二人分でいいですね。

　　男：ええ、そうです。

　　女の人はいくら払いますか。

　　A．200円です。　　　　　　　　　B．300円です。

　　C．400円です。　　　　　　　　　D．500円です。

14番　男の人と女の人が話しています。スミス先生は今何歳ですか。

　　男：この間、先生のご主人にお会いしたんですけど。お若いですね。

　　女：いいえ、若く見えるけど、結構年なんですよ。スミス先生お幾つ。

　　男：私ですか。私は1947年生まれですから。

　　女：あら、先生もお若いと思ってたわ。主人と一つしか違わないのね。

　　男：上ですか、下ですか。

　　女：主人のほうは一つ上、来年は還暦なのよ。

　　男：えっ、還暦って。

　　女：60歳のこと。最も11月が誕生日だから、まだ59歳になったばかりなん

ですけどね。

　　スミス先生は今何歳ですか。

　　A．58歳です。　　　　　　　　　B．59歳です。

　　C．60歳です。　　　　　　　　　D．61歳です。

15番　男の人が女の人と電話で話しています。女の人の部屋には誰が来

ていますか。

　　男：あっ、もしもし、僕だけど元気。

　　女：あっ、どうも。こんばんは。

男：ね、明日なんだけど、家の兄貴が車を貸してくれるっていうから、足の
ほうは大丈夫だよ。

女：あっ、そうですか。それはよかったですね。

男：あれ、何、その話し方、誰かが来ているのか。

女：ええ。まあ。

男：友達。

女：いいえ、違う。田舎から。

男：お父さん、お母さん。

女：いいえ、高校のときお世話になった。

男：えっ、先生が来ているのか。

女：ええ。

男：ずいぶん緊張しているみたいじゃないか。

女：はい。

女の人の部屋には誰が来ていますか。

A. お兄さんです。　　　　　　　B. ご両親です。

C. 友達です。　　　　　　　　　D. 先生です。

16番　先生が授業の説明をしています。学生は何を勉強していますか。

えーと、実習では種を撒くところから、収穫するところまでを皆さんに実際
ですね、畑に出てやってもらいます。今学期はですね、豆腐や醤油の原料にな
る大豆を育ててみたいと思ってるんです。秋には育って豆を皆さんで穫っ
て、そしてすぐその場で茹でて食べましょう。おいしいですよ。

学生は何を勉強していますか。

A. 料理です。　　　　　　　　　B. 農業です。

C. 科学です。　　　　　　　　　D. 教育です。

17番　大学の先生がイルカの睡眠について話しています。イルカの睡眠
時間はどうなっていますか。

睡眠時間、つまり眠る時間は人の場所大体 6 時間から 7 時間取れば十分だ
と言われています。では動物はどうかというと、これが実にさまざまなんで
すね。ある研究によると、海に住むイルカは普通、水面に浮かぶか、海底でち

ょっと眠るだけなんですが。中には全く眠らないものもいるので、調べてみると、なんとその種のイルカは左右の脳を片方ずつ眠らせながら、泳ぎ続けているそうです。人もこんな眠り方ができたら、便利かもしれませんね。

イルカの睡眠はどうなっていますか。
A. イルカは毎晩6時間から7時間眠る。
B. イルカはみな水面か海底でちょっとだけ眠る。
C. イルカの中には泳ぎながら眠るものもいる。
D. イルカはみな全く眠らない。

18番　あかりちゃんはどんなことができないですか。
最後にご紹介するのは今度新しく作られたあかりちゃんです。あかりちゃんは今までの物とは全く違います。大きさや形は人間と大体同じ、手や足の動きも人間のようです。人間の言葉もちゃんと話すことができます。このあかりちゃん、ボタンを押せば掃除、洗濯はもちろん、料理もします。インスタントラーメンから、日本料理、フランス料理、中国料理と、なんでも作れます。

あかりちゃんはどんなことができないですか。
A. 掃除　　　　　　　　　　B. 料理
C. 洗濯　　　　　　　　　　D. 運転

19番　新しい冷蔵庫について説明しています。この冷蔵庫はどんな冷蔵庫ですか。
よく売れる商品はそれまでの常識を打ち破ることから生まれます。今まで冷蔵庫の野菜室は一番下にあるというのが常識でした。しかしよく考えてみれば野菜は料理のとき必ず使うものなのですから、一番使いやすい位置にあるのが当然ですよね。野菜を取り出すたびに一々腰を曲げたり、背伸びしたりしなくてもすめば、主婦はずいぶん楽になります。この商品がよく売れた理由はまさにこれなんです。

この冷蔵庫はどんな冷蔵庫ですか。
A. 野菜室は下にある冷蔵庫です。
B. 野菜室が真ん中にある冷蔵庫です。

C. 野菜室が一番小さい冷蔵庫です。

D. 野菜室が一番大きい冷蔵庫です。

20番 この人はどんな経験を持っていますか。

ご紹介をいただきましたした山田でございます。わたくしは社会的にはサラリーマンの話をよく書いているということになっているのですが、サラリーマンをやった経験はほとんどないのです。まあ、本当はサラリーマンのことは知らないんですよ。そのわたくしがサラリーマンの皆さんどんな話が出来るんですか。できないですよ。ですから、最初はちょっと忙しいのでっと、係りの方に申し上げたんです。

この人はどんな経験を持っていますか。

A. サラリーマンのことをたくさん書いたことがある。

B. いつもサラリーマンに話をしていた。

C. 長い間サラリーマンをしていた。

D. サラリーマンをちょっとしたが、すぐやめた。

2005 年真題参考答案

1. C	2. D	3. C	4. A	5. B	6. C	7. A	8. A	9. D	10. B
11. D	12. A	13. C	14. A	15. D	16. B	17. C	18. D	19. B	20. A
21. D	22. C	23. D	24. A	25. C	26. A	27. D	28. B	29. D	30. A
31. B	32. C	33. A	34. C	35. A	36. D	37. C	38. A	39. B	40. D
41. B	42. D	43. D	44. B	45. C	46. C	47. A	48. D	49. A	50. B
51. C	52. B	53. C	54. C	55. D	56. D	57. C	58. B	59. B	60. A
61. C	62. B	63. C	64. B	65. A	66. A	67. D	68. A	69. B	70. D
71. D	72. A	73. B	74. A	75. D	76. C	77. B	78. C	79. A	80. A
81. C	82. D	83. B	84. C	85. B					

86. 出てこない
87. 落としたかもしれない・忘れたかもしれない
88. 結婚することとなった・結婚しました
89. 大きい声で言ってください・音を大きくしてください
90. 人のせいばかりにする
91. 払わせてください
92. 当然です・当たり前です
93. 持てそうもない・持てない
94. いらっしゃいますか
95. してもらいました

作文

自然を守ろう

近年、地球環境問題がますます深刻化してきた。「温室効果」を始め、いろいろな環境問題がある。それで、自然が破壊されたばかりでなく、人間の生活も大きな影響を受けている。だから、みんなで、自然を守ろう。

環境が汚染されたのは、そのほとんどが人間の活動によるものだ。例えば、普段まだ使うことができるものを捨てるなど、環境保護の意識は全くない。近年、著しい工業の発展も原因の一つだ。汚水が湖や川などに流れてしまうと多くの人が病気になる。

自然を守るために、先ず、環境保護の意識の向上をテレビやラジオなどで啓発する。人々は自分にできることからやり始めることだ。例えば、ごみを分別してリサイクルに協力したり、余分なごみを出さないように節約することも大切だ。また、土地の乱開発などの社会問題も解決されなければならない。

よい地球環境が必要だ。そのために、みんなで自然を守ろう。美しい地球を創造するためにがんばろう。

2006 年真题及答案、听力文字内容

大学日本語専攻生四級能力試験問題(2006)

(試験時間:160 分)

注意:解答はすべて解答用紙に書きなさい

第 一 部 分

一、聴解(1×20＝20 点)

二、次の文の下線をつけた単語の正しい読み方や漢字を、後のA、B、C、D、から一つ選びなさい。(1×10＝10 点)

21. 人間というものは、常に理想像を心の中につくりあげ、それに向かって日々の生活を営んでいる存在なのだ。
    A. じつじつ　　　　　　　　　　B. にちにち
    C. ひひ　　　　　　　　　　　　D. ひび

22. これはなんとも言えない皮肉な結果だ。
    A. びにく　　　B. ぴにく　　　C. ひにく　　　D. かわにく

23. 話をするとき、間をとることは重要だ。
    A. あいだ　　　B. ま　　　C. かん　　　D. すき

24. 科学の進歩に伴って種々の機械が発明された。
    A. さまざま　　　B. いろいろ　　　C. しゅじゅ　　　D. しゅしゅ

25. 文章を書くうえで、文体の整っているのが望ましい。
    A. ととの　　　B. そろ　　　C. そなわ　　　D. まとま

26. さまざまな理想の中で、特にチュウモクしていいのは、人生をどのように生きるか、という生き方の理想像であろう。
    A. 中目　　　B. 注目　　　C. 注黙　　　D. 注慕

27. それは肌のシメる、霧のような春雨のときのことだった。
    A. 湿　　　B. 染　　　C. 締　　　D. 潮

28. 人間はほかの動物に見られないすばらしい能力にメグまれている。

A. 巡　　　　B. 備　　　　C. 具　　　　D. 恵

29. 彼は年若いのに、助教授に昇格したことについては、<u>ナットク</u>するものが多かった。

A. 納解　　　B. 納得　　　C. 納徳　　　D. 耐得

30. 彼は返事をしないで、何か考えごとに<u>ムチュウ</u>になっているようです。

A. 無注　　　B. 無中　　　C. 夢中　　　D. 夢注

三、次の文の_____に入れるのに最も適切な言葉を、後のA、B、C、D、から一つ選びなさい。(1×15＝15点)

31. 子供の教育で一番大切なことは、善悪を判断する力を_____ことだ。

A. 求める　　　B. 養う　　　C. 学ぶ　　　D. 尽くす

32. テストの時間が短くて、もう一度見直す_____がなかった。

A. のこり　　　B. あまり　　　C. まとまり　　　D. よゆう

33. _____な顔をしてうそをつく彼には、みなあきれている。

A. 陽気　　　B. 平気　　　C. 素直　　　D. 利口

34. お客様調査の結果を参考に、_____を練って新製品を開発する。

A. テーマ　　　　　　　　　B. タイトル

C. アイデア　　　　　　　　D. アンケート

35. 友達とおしゃべりをしていたら、母と出かける約束を_____忘れてしまい、しかられました。

A. すっかり　　　B. さっぱり　　　C. なにしろ　　　D. いよいよ

36. 会社の営業者と_____して、一年の七日間、有給休暇が取れるようにした。

A. 要求　　　B. 応対　　　C. 抗議　　　D. 交渉

37. 若い女性が一人で外国へ行くなんて_____、と考えてる父親が多い。

A. とんでもない　　　　　　B. 思いがけない

C. やむを得ない　　　　　　D. 切りがない

38. 今月の売り上げ_____は達成されました。来月もこんな調子で頑張ってください。

A. 目的　　　B. 目標　　　C. 課題　　　D. 対象

39. 社長が気が＿＿＿＿＿ので、社員は怒られないように早めに仕事を片付けている。

    A. 小さい　　　　B. 太い　　　　　C. 短い　　　　　D. 優しい

40. 風に乗って遠くから祭りの太鼓が＿＿＿＿来る。

    A. 聞けて　　　　B. 聞いて　　　　C. 聞かれて　　　D. 聞こえて

41. 彼女がつめを噛むのは、子供のころからの＿＿＿＿だ。

    A. 性格　　　　　B. 好み　　　　　C. 癖　　　　　　D. 素質

42. ＿＿＿＿歩かないで、さっさと歩きなさい。

    A. いそいそ　　　B. いらいら　　　C. せかせか　　　D. のろのろ

43. 台風に＿＿＿＿、食べ物や懐中電燈などを用意しておきました。

    A. したがって　　B. 連れて　　　　C. 備えて　　　　D. 対して

44. そんなに遊んでばかりいると＿＿＿＿後悔することになりますよ。

    A. いまに　　　　　　　　　　　　B. いまにも

    C. いまさら　　　　　　　　　　　D. いまだに

45. どこかに財布を落として、＿＿＿＿探したけれどもとうとう見つからなかった。

    A. しみじみ　　　B. ほうぼう　　　C. そろそろ　　　D. つくづく

　　四、次の文の＿＿＿＿に入れるのに最も適切なものを、後のA、B、C、D、から一つ選びなさい。(1×15＝15 点)

46. この二つの漢字は何＿＿＿＿読みますか。

    A. を　　　　　　B. で　　　　　　C. と　　　　　　D. か

47. 午前十時に学生達はみんな玄関の前＿＿＿＿集まって、十時十分にでかけました。

    A. で　　　　　　B. に　　　　　　C. を　　　　　　D. から

48. 新聞に出ている＿＿＿＿の漢字なら、みんな知っています。

    A. など　　　　　B. まで　　　　　C. でも　　　　　D. ぐらい

49. あまり家の中にばかりいないで、たまには公園＿＿＿＿へ散歩に行ったほうがいいですよ。

    A. など　　　　　B. だけ　　　　　C. やら　　　　　D. まで

50. 今私が言ったことは、誰＿＿＿＿話さないと約束してくれますか。

    A. も　　　　　　B. に　　　　　　C. でも　　　　　D. にも

51. 船長の不注意＿＿＿＿船が衝突して大事件になった。

A. に　　　　　　B. で　　　　　　C. を　　　　　　D. と

52. 彼女はやせようとして。毎日サラダ＿＿＿＿＿＿で過ごしている。

A. ほど　　　　　B. まで　　　　　C. しか　　　　　D. だけ

53. 王さんは日本に五年＿＿＿＿＿＿留学していたので、日本語が上手なわけです。

A. も　　　　　　B. に　　　　　　C. だけ　　　　　D. しか

54. 自分＿＿＿＿＿＿よければ、ほかの人はどうでもいい。

A. さえ　　　　　B. こそ　　　　　C. まで　　　　　D. ほど

55. 雨が上がる＿＿＿＿＿＿、ますます降りが強くなってきた。

A. のに　　　　　B. ので　　　　　C. ところが　　　D. どころか

56. 天気は、人間の生活と切っても＿＿＿＿＿＿関係がある。

A. 切らない　　　B. 切れない　　　C. 切られない　　D. 切らぬ

57. ＿＿＿＿＿＿考えるほど、解決方法が分からなくなることがある。

A. 考えると　　　B. 考えたら　　　C. 考えれば　　　D. 考えると

58. その話を聞いた人々は、みんな泣かずには＿＿＿＿＿＿。

A. いられなかった　　　　　　　B. えなかった

C. しかたなかった　　　　　　　D. ほかなれなかった

59. ただいま司会者の＿＿＿＿＿＿ことに賛成いたします。

A. 申した　　　　B. 申し上げた　　C. おっしゃった　　D. 申された

60. ファックスの使い方がまだ分からないので、一度やって＿＿＿＿＿＿。

A. みませんか　　　　　　　　　B. みせてくれませんか

C. みせてもらいませんか　　　　D. みてもらいませんか

五、次の文章の[　]に入る最も適切な言葉を、後のA、B、C、D、から一つ選びなさい。(1×10＝10点)

ゴールした[　61　]崩れ落ちるのではないかと思った。それほど苦しそうだった高橋尚子さんがゴール後、平然とした表情で、笑顔さえのぞかせたのには[　62　]。きのうの東京女子マラソンで敗れた[　63　]、並のランナーではないと思わせもした。

「足が棒になってしまいました」とは高橋さんの言葉だ。私たちも疲れ果てた時に「足が棒になる」という。足が言うことを聞いてくれない。[　64　]引きずるようにある歩かねばならない時もある。高橋さんの場合は、30キロ手前あたりで急に「棒になった」らしい。それでも走り[　65　]。

五輪女子マラソンで連続メダリスト（注）になった有森裕子さんが「人間の能力の不思議」について語っている。走っていて、もう限界だと思う。[　66　]走り続けると「限界は、どんどん伸びて行く」。経験上の限界を突き破って伸びていく、と（『わたし革命』岩波書店）。

　　逆の場合もあるだろう。練習も十分積んだし、体調もいい。経験上は何の問題もないはずだ。[　67　]、突然どこかに変調を来す。これも[　68　]「人間の能力の不思議」だろう。スポーツ選手たちはいつも、どちらに転ぶか分からない境界線上を走っている。

　　引退を決めた横綱武蔵丸の体重は高橋さんの約5倍だ。狭い土俵で一瞬の勝負を競う相撲では、重さは強力な武器である。[　69　]バランスを崩すと重さは大きな負担になる。武蔵丸も「棒立ち」になって力を出せない場面が増えていた。

　　限界を感じた武蔵丸は去るが、高橋さんは、[　70　]限界への挑戦を続けることだろう。　　　　　　　　　　　　　　　　　　　　　　　（『天声人語』より）

　　（注）メダリスト：競技の上位入賞者で、金・銀・銅などのメダルをもらった人。

61. A. 時なのに　　　B. とたんに　　　C. ばかりに　　　D. 寸前に
62. A. 驚いた　　　　　　　　　　　　　B. 面白かった
　　 C. どうかと思った　　　　　　　　　D. 怪しかった
63. A. といっては　　B. といって　　　C. というが　　　D. とはいえ
64. A. それでは　　　B. それとも　　　C. それでも　　　D. それには
65. A. 止めた　　　　B. 始めた　　　　C. 終わった　　　D. 続けた
66. A. そして　　　　B. それで　　　　C. しかし　　　　D. しかも
67. A. ところへ　　　B. ところに　　　C. ところで　　　D. ところが
68. A. まだ　　　　　B. また　　　　　C. なお　　　　　D. ただ
69. A. しかし　　　　B. ところで　　　C. しかも　　　D. だから
70. A. しかも　　　　B. これで　　　　C. なお　　　　　D. でも

六、読解問題
問題一、次の各文章を読んで、後の質問に答えなさい。答えはそれぞれA、B、C、D、の中から最も適切なものを一つ選んで、解答用紙のその番号に印を付けなさい（1×5＝5点）
【文章1】
　　あすは、わが子の入学試験の発表があるという、その前の晩は、親としての

一生の中でも、一番落ち着かなくてつらい晩の一つに違いない。

　もう何十年も前、ぼくが中学の入学試験を受けたとき、発表の朝、父がこんなことを言った。

「お前、今日落ちていたら、欲しがっていた写真機を買ってやろう。」

　ふと思いついたといった調子だったが、それでいて何となくぎこちなかった(注)。

　①変なことを言うな、と思った。お父さんは、ぼくが落ちたらいいと思ってるのだろうか、といった気がした。

　②その時の父の気持ちが、しみじみ分かったのは、それから何十年も経って、今度は自分の子が入学試験を受けるようになったときである。

　　(注)ぎこちない：動作などがなめらかでなく、不自然である。

71.　①変なこととはなにか。

　　A. 落ちていたら、写真機を買ってくれるということ。

　　B. まだ子供なのに写真機を買ってくれるということ。

　　C. 家が貧しいのに写真機を買ってくれるということ。

　　D. 欲しくないのに写真機を買ってくれるということ。

72.　②その時の父の気持ちとは、どんな気持ちなのか。

　　A. 落ちていたほうが息子のためにいいと思う気持ち。

　　B. 落ちていたら息子を怒ってやろうという気持ち。

　　C. 合格していたら息子と祝いたいという気持ち。

　　D. 落ちていたら息子を慰めたいという気持ち。

【文章2】

　ぼくが入院した病院は、完全看護制。たとえ親といえども、面会時間は三時から七時と決められていた。それは、①手術の日といっても例外ではなく、七時になると「②後は私どもで面倒を見ますから、どうぞお引取りください」と両親ともに帰されてしまった。

　手術当日は、ぼくも意識が朦朧としていたため何も感じなかった、1日、2日と経つにつれて、淋しさが増やしてくる。七時近くになり、「もう、帰るからね」の言葉に、「後、1分て」などと、わがままを言って困らせた。母は、その時の様子を、③後ろ髪を引かれる思いだったと振り返る。

73.　①手術の日といっても例外ではなくと意味の近いのはどれか。

　　A. 手術の日にとても例外が多くて。

B. 手術の日でもいつもと同じで。

C. 手術の日しか例外が許させなくて。

D. 手術の日だけ特別で。

74. ②「後は私どもで面倒を見ますから、どうぞお引取りください」とは、誰が誰に言った言葉なのか

   A. 母が病院の人に言った言葉。

   B. 父と母が筆者に言った言葉。

   C. 病院の人が筆者の親に言った言葉。

   D. 病院の人が筆者に言った言葉。

75. ③後ろ髪を引かれる思いだったとあるが、ここではどんな思いだったのか。

   A. 淋しがる子供を病院に残して帰るので、病院からしかられるのではないかと思った。

   B. 病院に規則があるのに、わがままを言う子供に腹が立って、頭が痛かった。

   C. 「後、1分て」と、子供に髪の毛を引っ張られたので、痛かった。

   D. 淋しがる子供を病院に残して帰るのは、とてもかわいそうでつらかった。

   問題二、次の文章を読んで、後の質問に答えなさい。答えはそれぞれA、B、C、D、の中から最も適当なものを一つ選んで、解答用紙のその番号に印を付けなさい。(1×10＝10点)

   私は親元を離れ、一人暮らしを始めたのは27歳の時だった。27と言えば決して早い独立の年齢ではない。それまでずっと親元にいたのは私の親が、ことに父親が女は結婚こそ一番の幸せ、と思っていたためで、一人暮らしをしつつ仕事で身を立てることなどもってのほか(注1)、と考えていたからだ。①それを変えざるをえなかったのは、②前の年の暮れ、私が独断で式の日取りまできまっていた結婚を、ただ嫌になったという理由だけで断り、親戚③中を巻き込んで大騒ぎをした挙句、親子の間が妙にこじれ(注2)始めたからであった。無理にでも結婚させる、という父と、嫌だ、と言い張る私の対立は家の中を暗くするばかりだった。

   これ以上この家にはいられない。そう思ったのは私ばかりでない④らしく、独立の話を切り出すと、⑤父はしぶい顔でうなずいた。この先結婚もせず

一人で生きていくのなら、しっかりした仕事をもたねばいけない。そのためには親に頼らず一人やっていくのが一番だ、と母が言い切ってくれたのだった。

引っ越しの朝、⑥その母が娘が不びんだ^(注3)と泣いているのを庭にいて立ち聞いた。無理もないのだ。その頃私はイラストを描く仕事をしていてろくな収入を得ることもできなかったのである。友人と飲むお茶代すら出せないような状態だったのだ。飢えたりはしなかったが贅沢はけっしてできない生活だった。スーパーの菓子売り場で甘納豆の袋を見つめ、⑦来月こそ、と思ったこともあったのだ。

⑧そんな耐乏^(注4)生活を続けていたある日、私はプラスチックのこめびつ^(注5)の中にセロテープでしっかり止めてある紙を見つけた。それは母が用意してくれたこめびつで、引っ越す際その中に米をいっぱいにして渡してくれたものだ。食べ進んで残り少なくなった時現れたそれは、母の字で、お米を買うお金がなくなったらこれで買いなさい。健康に気をつけるように、と書かれた手紙と小さくたたまれた五千円札だった。⑨涙がこみあげ^(注6)てきて私は泣いた。ずっとずっと泣いていた。

あれから六年、ずっと独身を通すだろう、と思っていたのにどういうわけか今は結婚している。おかしなもので、夫は母の手紙と五千円の話を聞き、私とつきあうことを決めた、という。

父がその手紙の事を知り、「⑩お母さんは出しぬいてずるい。」といったというのもよかったのだ、と。

ある時、母が夫に、ある時千円でもなく、一万円でもなく、五千円にして私の気持ちを娘は分かるだろうか、といっているのを聞いた。残念ながら私にはよくわからないがひょっとしてそれは、娘には一生わからない母の気持ちではないか、とまだ子供のいない私は思っている。

（注1）もってのほか：とんでもない（こと）。

（注2）こじれ（る）：事態が悪くなる。

（注3）不びんだ：かわいそうだ。

（注4）耐乏：物質が少なくて暮らしにくいのを我慢すること。

（注5）こめびつ（米櫃）：米を入れて保存する箱。

（注6）こみ上げ（る）：いっぱいになって、押さえてもあふれ出そうになる。

76. ①それを変えざるをえなかったの正しい意味はどれか。

　　A. 変えなくはなかった。

B. 変えなければならなかった。

C. 変えなくもなかった。

D. 変えないではいられなかった。

77. ②前の年の暮れとは何時なのか。

　　A. 25 歳である年の暮れ。　　　　B. 26 歳である年の暮れ。

　　C. 27 歳である年の暮れ。　　　　D. 32 歳である年の暮れ。

78. ③中の意味用法と同じものはどれか。

　　A. 出席者六人中、二人は女の人でした。

　　B. ただいま食事中ですから、しばらくお待ちください。

　　C. きのうは風邪を引いて一日中寝ていました。

　　D. 休暇中はアルバイトをするつもりです。

79. ④らしく（らしい）と同じ意味用法のものはどれか。

　　A. お金を盗んだのは、君らしいね。

　　B. 今日は本当に春らしい、暖かな一日だった。

　　C. このごろの人工の皮はかなり皮らしくなってきた。

　　D. このごろの日本は、子供が子供らしく遊べるところが少ない。

80. ⑤父はしぶい顔でうなずいた時の父の気持ちはどれか。

　　A. 娘を独立させたくないが、やむを得ないと思っている。

　　B. 娘と喧嘩をしなくてもよくなるので、ほっとしている。

　　C. 娘が家を出て独立することに賛成し、心から喜んでいる。

　　D. 娘の独立に反対する立場が悪くされたので、怒っておる。

81. ⑥その母とは次のどれか。

　　A. 娘に仕事を持ってほしいという母。

　　B. 娘に一人で暮らしてほしいという母。

　　C. 娘に早く結婚してほしいという母。

　　D. 娘に早く独立してほしいという母。

82. ⑦来月こそ、と思ったこともあったのだとは、作者（私）のどんな気持ちを表しているのか。

　　A. 今月は金がないが、来月は大好物の甘納豆を何とかして買って食べるという気持ち。

　　B. 今月は金がないから甘納豆ばかり食べているが、来月は食べなくていいという気持ち。

　　C. 今月は金がないので大好物の甘納豆をちょっとしか買えなかった

が、来月は思う存分たくさん買うという気持ち。

　D．今月は金がないから甘納豆ばかり食べているが、来月は甘納豆のみでなく、ほかの料理も食べると決心する気持ち。

83．⑧そんな耐乏^(注4)生活とはどんな生活なのか。

　A．収入がなくて、食うや食わずの生活

　B．金がなくて、お茶もろくに飲めない生活

　C．食べていける以外、金がなく、不自由な生活

　D．食べていける以外、大好物も毎月少し買える程度の生活

84．⑨涙がこみあげ^(注6)てきて私は泣いたとあるが、なぜないたのか。

　A．母の心遣いは嬉しかったが、五千円では少なすぎるので悲しくなったから。

　B．厳しい事を言っていた母の思いがけない心遣いに接し、胸が一杯になったから。

　C．これでお米を買えると安心したら、それまでの耐乏生活の緊張感がゆるみ、思わず涙が出た。

　D．五千円ではたいした物は買えないのに、そんなことも分からない母の無知を悲しく思ったから。

85．⑩お母さんは出しぬいてずるいと言った父の気持ちはどうか。

　A．自分の知らないうちにお金を娘にやるのはよくない、と怒っている。

　B．厳しい事を言いながら、かげで娘を甘やかしている母に、手を焼いている。

　C．自分も娘を思う気持ちは同じように持っているので、ずるいといいながらも母の行為は認めている。

　D．自分も本当は何か娘にやりたかったが、我慢したのだから、母にも我慢させるべきだったと反省している。

第 二 部 分

七、次にある未完成の文を完成しなさい（解答は解答用紙に書きなさい）。（1×10＝10 点）

86．決めた以上＿＿＿＿＿＿＿＿＿＿＿＿＿＿＿＿＿＿＿＿＿＿。

87．酒を飲んで運転すると＿＿＿＿＿＿＿＿＿＿＿＿＿＿＿＿＿。

88. どんなに欲しくても ＿＿＿＿＿＿＿＿＿＿＿＿＿＿＿＿＿。

89. 多くの科学者がなぞを何とか解明できないものかと ＿＿＿＿＿＿＿＿。

90. 外国に出たからこそ ＿＿＿＿＿＿＿＿＿＿＿＿＿＿＿＿＿＿＿。

91. 推薦状はできるだけ有名な先生に ＿＿＿＿＿＿＿＿＿＿＿＿＿。

92. 姉が料理が得意なので ＿＿＿＿＿＿＿＿＿＿＿＿＿＿＿＿＿＿。

93. その人のことを考えて注意したのに ＿＿＿＿＿＿＿＿＿＿＿＿。

94. 友達とおしゃべりをしているうちに ＿＿＿＿＿＿＿＿＿＿＿＿＿。

95. 要は偏食をせずに ＿＿＿＿＿＿＿＿＿＿＿＿＿＿＿＿＿＿＿＿。

八、次の要領で解答用紙に作文をしなさい。(15点)

　題　　目：携帯電話

　注意事項：① 文体：常体(簡体)；

　　　　　　② 字数：350〜400；

　　　　　　③ 文体が間違った場合、字数オーバーまたは不足の場合は減
　　　　　　　点になる。

聴解スクリプト

聴解(A)

次の会話を聞いて、正しい答えをA、B、C、D、から一つ選びなさい。では、始めます。

1. 今日は何曜日ですか。

女：ねえ、この間貸したお金、そろそろ返してくれない?

男：ごめん。給料もらってからでないと返せないんだ。だから、金曜日に返す。

女：給料日って25日だっけ? 今日は22日だから、日曜日じゃないの?

男：うちの会社、25日が土曜日か日曜日のときは金曜日が給料日になることになってるんだ。

今日は何曜日ですか。

A. 月曜日です。　　　　　　　　B. 木曜日です。

C. 金曜日です。　　　　　　　　D. 日曜日です。

2. 男の人はどう思っていますか?

女:最近、大学を出も自分がなっとくできる職場がみつかるまで就職しないで、アルバイトで生活している人が増えてるんだって。

男:どうかと思うよね。

男の人はどう思っていますか?

A. よくないことだと思っています。

B. いいことだと思っています。

C. どうしてか分からないと思っています。

D. どちらでもいいと思っています。

3. 男の人はどこにけがをしましたか?

女:どうしての、そのけが。

男:段階で足を滑らせてね。たいしたことはないよ。

女:でも。不便でしょ?

男:そんなこと無いよ。ぼく、なんでも左手でやっているからね。

男の人はどこにけがをしましたか?

A. 左足です。　　　　　　　　　　B. 右足です。

C. 左手です。　　　　　　　　　　D. 右手です。

4. 誰がスピーチをしますか。

男:田中さんの結婚式のスピーチを頼まれたんだけど、ああいうの苦手なんだ。君、変わりにやってくれない。

女:ええっ、わたしが。やってもいいけど…

男:それとも、中曾根さんに頼もうかな。彼女上手だし。

女:でもやっぱり、引き受けたからにはがんばらないんじゃないの。

男:うーん、そうかなあ。しょうがないか。

誰がスピーチをしますか。

A. 田中さんです。　　　　　　　　B. 中曾根さんです。

C. 男の人です。　　　　　　　　　D. 女の人です。

5. 女の子はどうして手伝いますか。

父：このごろよくお手伝いをするんだって。お母さんが助かるって喜んでたよ。

娘：だって、お母さん、帰ってくるの遅いんだもの。おなか空いちゃって。

父：自分でやるしかないってわけか。

女の子はどうして手伝いますか。

A．お母さんを助けたいからです。

B．お母さんが喜ぶからです。

C．自分でしたいからです。

D．早くご飯が食べたいからです。

6. 男の人はテレビをどうしますか。

男：うちのテレビ、壊れちゃったんだ。新しいのを買おうかな。

女：修理しても高いのよね、けっこう。

男：長い時間見なくてもいいんだけど、ニュースは見たいんだよな。

女：うちに使っていないテレビがあるけど、それでもいいかしら。

男：うん。助かるよ。ありがとう。

男の人はテレビをどうしますか。

A．女の人にテレビをもらいます。

B．新しいのを買います。

C．テレビを直します。

D．テレビはもう見ません。

7. 男の人が電車の中で席を譲られたことについて話しています。男の人は今、どんな気持ちですか。

男：今日ね、電車の中で席、譲られちゃってね。

女：あら、いまどき、親切な人がいるのね。

男：冗談じゃないよ。

女：あなた、よっぽどくたびれて見えたんじゃない？で、どうしたの？座ったの？

男：まさか。座らなかったよ。

女：あら、そういう時は素直に感謝して座るのもよ。断ったら相手も困るじゃない。

男の人は今、どんな気持ちですか。
A. 席を譲られたことにショックを受けています。
B. 席を譲ってくれた人に感謝しています。
C. 席に座れなかったので残念に思っています。
D. 席に座れたので喜んでいます。

8. お父さんは山田さんに何をさせましたか。
男：山田さん、昨日の夜、テレビの映画見た？
女：見たかったんだけど、できなかったの。父に妹の宿題を見るように言われて。
男：ぼくも今日テストがあるからみることができなかったんだ。

お父さんは山田さんに何をさせましたか。
A. 宿題をさせました。
B. 妹の勉強の手伝いをさせました。
C. テストの勉強をさせました。
D. レポートを書かせました。

9. アンケートの一位は何ですか。
女：結婚相手の男性の条件について調査したアンケートなんだけど、一位は何だと思う？
男：顔とか身長とか見かけじゃない？
女：じゃ、性格……うーん、意外に収入だったりして？
男：一緒に暮らすんだから、やっぱり性格が大切に決まっているでしょ。私は優しくて頼もしい人がいいな。

アンケートの一位は何ですか。
A. 収入です。　　　　　　　　B. 見かけです。
C. 身長です。　　　　　　　　D. 性格です。

10. 男の人はどうしたらいいと思っていますか。

女：大原さんは元気ないみたいだけど…

男：奥さんと喧嘩したらしいよ。それで、奥さん、実家に帰っちゃったんだって。

女：ほんと？　私たちにできることってないかな。奥さんを説得して帰ってきてもらうとか…

男：他人が下手に口を出すと、おさまるものもおさまらなくなるよ。大原だって何も言ってこないんだし…

男の人はどうしたらいいと思っていますか。

A．何もしないほうがいいと思っています。

B．説得が上手な人が奥さんと話すべきだと思っています。

C．大原さんを謝りに行かせるべきだと思っています。

D．大原さんがどう考えているのか聞くべきだと思っています。

11. 次は親子の会話です。お父さんは何を注意しましたか。

男：花子！

女：なあに？

男：「なあに」じゃない！　また、服を脱ぎっぱなしにして。女の子なんだから、きちんとしたらどうなんだ。

女：またそういうこと言う。女だと男だとか言わないでって言ってるでしょ。

次は親子の会話です。お父さんは何を注意しましたか。

A．娘が男物の服を着ていることです。

B．娘の言葉の使い方です。

C．娘が服を方付けないことです。

D．娘が乱れた服装をしていることです。

12. 男の人は大山さんのことをどんな人だと言っていますか。

男：大山さんって、いい人だな。

女：そうね。気がきく人よね。

男：うん。話もよく聞いてくれるし、きれい好きだし…

女：うん、社長の秘書にぴったりよね。

男：いやー、いい奥さんになるだろうなあ。

女：なーんだ。私は仕事のことを言っているのかと思った。

男の人は大山さんのことをどんな人だと言っていますか。

A．お母さんのような人です。

B．結婚相手としてよい人です。

C．会社員としてよい人です。

D．恋人みたいな人です。

13．女の人の話に合うのはどれですか。

男：ねえ、今度の日曜日、一緒にドライブしない?

女：え、日曜日ですか。どこへ?

男：京都。紅葉が一番いい季節だからね。

女：あ、私も一度、京都へ行ってみたかったんだ。

男：だろ。行こうよ。

女：でも、日曜日の天気予報、雨だったような…。

男：いいじゃない。葉っぱが雨にきらきら光って、きれいだよ。

女：そうね。考えとくわ。

女の人の話に合うのはどれですか。

A．天気がよっかたら行きます。

B．天気が悪くても行きます。

C．天気が悪ければ行きません。

D．まだ決めていません。

14．女の人はどうしてバスを利用しないのですか。

女：今日は雨が降るそうだから、自転車はやめようかしら。

男：うん、危ないからね。でも、バスはやめたほうがいいよ。この時間はなかなか来ないから。

女：じゃ、バスは止めよう。でも、地下鉄も込んでいるわよね。どうしようかしら。

女の人はどうしてバスを利用しないのですか。
A. 自転車が壊れたからです。
B. 雨が降るからです。
C. バスが来ないからです。
D. バスが危ないからです。

15. 二人はその後何をしましたか。
男：困ったな。映画が始まるまで、あと一時間半もあるよ。どうする？
女：そうね。コーヒーは今、飲んだばかりだし…デパートは込んでいるだろうから。
男：天気がいいから、近くの公園を散歩しようか。
女：そうね。でもちょっと疲れたわ。
男：そうか。じゃあ、うろうろしないでベンチに座ってゆっくりしよう。
女：そうね。公園のお花がとてもきれいだから、そうしましょう。

二人はその後何をしましたか。
A. 二人は公園に行って、散歩します。
B. 二人は公園に行って、ベンチに座ります。
C. 二人はデパートに行って、コーヒーを飲みます。
D. 二人はこれからデパートに行って、買い物をします。

16. アパートで隣同士の男の人と女の人が話をしています。女の人は男の人にどうしてもらいたいと思ってますか。
女：あら、こんばんは。今お帰りですか。
男：ええ。
女：大変ですね、こんな夜遅くまで。朝もお早いようだし。
男：仕事ですからね。仕方がないんですよ。
女：そう。あっ、それでね、ちょっとお話しておきたいことがあるんですけど。
男：なんでしょう。
女：あの、違ってたらごめんなさいね。夕べ出してあったゴミ、山本さんのじゃないですか。
男：えっ、ああ、ああ、そうですけど。

女：あの、ゴミはね、月曜日と木曜日に出すことになっているんですよね。

男：ああ、そうでしたね。朝、忙しいもので、つい。これから気をつけます。

女：お願いしますね。

女の人は男の人にどうしてもらいたいと思ってますか。

A. 朝早く出て行かないでほしいと思っています。

B. ゴミを出すのをやめてほしいと思っています。

C. ゴミを違う日に出すのをやめてほしいと思っています。

D. 遅くまで仕事をしないでほしいと思っています。

17. 女の人は上海の生活で何が一番いいといっていますか。

男：やっぱり、田舎はいいなあ。空気もきれいだし、のんびりしているし。

女：あーら、王さんはたまに来るからそう思うよ。上海の生活のほうがずっといいわよ。

男：そりゃあ、どこへ行くにも便利だし、なんでもすぐ手に入るけど。

女：そうよ。それになんといっても働くチャンスっていうのがたくさんあるじゃない。

男：それは確かに上海の大きな魅力だね。それにしても、上海は人が多すぎるよなあ。

女の人は上海の生活で何が一番いいといっていますか。

A. 人が多いことです。

B. 交通が便利なことです。

C. 働くチャンスが多いことです。

D. ほしいのは何でもあることです。

聴解(B)

次の会話を聞いて、正しい答えをA、B、C、D、から一つ選びなさい。では、初めます。

18. 女の人が話しています。相談したいことは何ですか。

女：5月になって、息子が大学へ行かないといって、休むことが多いのです。家で寝ているか、ため息ばかりついています。新しい環境の変化に疲れたのでしょうか。五月病でしょうか。どうしたらよいでしょうか。

相談したいことは何ですか。

A. 自分がため息ばかりつくこと。

B. 息子が全然大学に行かないこと。

C. 女の人が五月病であること。

D. 息子の体が弱いこと。

19. なぜシャワーで水をやりますか。

女：この植物は、日陰を好みますので、部屋の中に置いてかまいません。ただし、お部屋の中は乾燥しますので、土が乾いたらすぐ水をやってください。そして、一ヶ月に一度くらいお風呂場で上からシャワーをかけて、一晩放置するといいです。もともと湿気の多いところで育ったものなので、こうすると生き生きとしてきます。

なぜシャワーで水をやりますか。

A. 日陰を好むから。

B. 一晩おいておかなければならないから。

C. 部屋の中は乾燥するから。

D. 育った環境と似ているほうがいいから。

20. 内容と合っているものはどれですか。

女：この本は、10歳の少年が冒険を通して成長した物語です。もともと、これは子供向けに書かれたものですが、子供だけでなく、大人の皆さんにも、ぜひお勧めしたい作品です。厳しい現実を少し忘れ、子供に戻って、冒険の旅をお楽しみください。

内容と合っているものはどれですか。

A. 大人にもこの本を読んでほしい。

B. 子供はこの本を読むべきではない。

C. 冒険をしない限り、子供は成長できない。

D. 大人は子供と旅行を楽しんだほうがいい。

これで聴解試験を終わります。

2006 年真题参考答案

1. B	2. A	3. D	4. C	5. D	6. A	7. A	8. B	9. D	10. A
11. C	12. B	13. D	14. C	15. B	16. C	17. C	18. B	19. D	20. A
21. D	22. C	23. B	24. C	25. A	26. B	27. A	28. D	29. D	30. C
31. B	32. D	33. D	34. C	35. A	36. D	37. D	38. B	39. C	40. D
41. C	42. D	43. C	44. A	45. B	46. D	47. B	48. D	49. A	50. D
51. B	52. D	53. A	54. A	55. D	56. B	57. C	58. A	59. C	60. B
61. B	62. A	63. D	64. C	65. D	66. C	67. D	68. B	69. A	70. C
71. A	72. D	73. B	74. C	75. D	76. D	77. B	78. C	79. A	80. A
81. D	82. A	83. C	84. B	85. C					

86. 最後までがんばらなければならない

87. 事故を起こしかねない・事故を起こすだろう

88. 人のものを盗むべきではない・人のものを盗まない

89. 心地を注いできた・努力している・一生懸命に研究している

90. 自分の国のことがよく分かるようになるのだ

91. 書いていただいた方がいいです・書いてもらった方がいいです

92. レストランを始めることとしたのだ・レストランを経営するようになったのだ

93. 逆に憎まれてしまった・逆に喧嘩になった・逆に注意された

94. すっかり遅くなってしまった

95. いろいろな食品をバランスよく食べることだ・いろいろな食品をバランスよく取ることが大事だ

作文

携帯電話

最近、電車内で携帯電話を使う人を見かけるようになった。携帯電話は便利なものである。しかし、電話機の感度が今ひとつなのと周囲の騒音とで、どの人も一様に大声で話すので、はっきりいって周りの人には迷惑である。

電車内の音の迷惑といえばヘッドフォンから漏れるシャカシャカ音がある。シャカシャカ音は、それが原因で傷害事件もおき、社会問題となった。ヘッドフォンの場合は、音も気になるが、騒音を出しながら悪びれない態度がしゃくにされるという訴えも多い。

携帯電話も同様で、音の問題だけでなく使う人の態度が関係してくる。ぼそぼそ小声で話したのでは相手に聞こえないのだとわかっていても、狭い車内で傍若無人に堂々と声高に話されると、やはり腹が立つ。中には、自分は寸暇を惜しんで激務をこなしているのだという優越感に浸っているような人もいるが、これも気に入らない。場所柄をわきまえるというマナーを守って使ってほしいものである。

2007 年真題及答案
（无听力文字内容及作文范文）

大学日本語専攻生四級能力試験問題(2007)

（試験時間：160 分）

注意：解答はすべて解答用紙に書きなさい

第 一 部 分

一、聴解（1×20＝20 点）

二、次の文の下線をつけた単語の正しい読み方や漢字を、後のA、B、C、D、から一つ選びなさい。（1×10＝10 点）

21. そんな華麗で荘厳な情景を見たら、みな思わず掌を合わせたくなったに違いない。
    A. しょう　　　　　　　　　　B. たのひら
    C. てのこう　　　　　　　　　D. てのひら

22. 少女は流れた涙を少しも拭おうとしないで微笑んだ。
    A. しき　　　　B. ぬぐ　　　　C. はら　　　　D. ふく

23. 私の心中には、さまざまな社会で生きる、さまざまな人間模様を見つ

めていきたいという<u>欲求</u>が強く働いていた。
　　A．ほくきょう　　　　　　　　B．よくきょう
　　C．よっきゅう　　　　　　　　D．ほっきゅう
24．このあたりの家は<u>家賃</u>が高い。
　　A．やちん　　　　B．けちん　　　　C．かちん　　　　D．いえちん
25．今日は疲れて肩が<u>凝</u>ってしまった。
　　A．ぎょう　　　　B．こご　　　　C．こら　　　　D．こ
26．ときにはこれを<u>きら</u>う人もいる。
　　A．厭　　　　B．煩　　　　C．悪　　　　D．嫌
27．このような<u>もよおし</u>は年に何回か実施されているようですが、年間
　　の計画についてお知らせください。
　　A．催　　　　B．促　　　　C．流　　　　D．放
28．妻はそんな夫を<u>にく</u>み、冷たい対しながら、夫の秋の衣類を揃えて
　　いる。
　　A．恨　　　　B．憎　　　　C．悩　　　　D．憤
29．お送りくださった<u>だいきん</u>、確かに受け取りました。ご依頼の品、本
　　日小包便で発送いたします。
　　A．代金　　　　B．大金　　　　C．台金　　　　D．退金
30．その時、会社の変身に<u>ともない</u>、さまざまな問題がおこりました。
　　A．従　　　　B．随　　　　C．伴　　　　D．追

三、次の文の＿＿＿＿に入れるのに最も適切な言葉を、後のA、B、C、D、か
ら一つ選びなさい。(1×15＝15 点)
31．＿＿＿＿とは、西洋料理にかけて味や色を引き立てる液状調味料の
　　ことである。
　　A．スープ　　　　B．ソース　　　　C．チーズ　　　　D．バター
32．インドは暑い国という＿＿＿＿が強いが、場所や季節によって気候
　　が異なる。
　　A．イメージ　　　B．センス　　　　C．ムード　　　　D．メッセージ
33．服や髪の毛の下のほうの部分、または山などの下のほうは＿＿＿＿
　　という。
　　A．あし　　　　B．えり　　　　C．すそ　　　　D．ふもと
34．「昨日のノート見せてくれない？＿＿＿＿今度ごちそうするか

ら、ね?」

    A. あそこに   B. おもうに   C. かえりに   D. かわりに

35. 問題はどこにあるのかはまったく_____が付かない。

    A. 見地   B. 心がけ   C. 見当   D. 心当たり

36. 農地を拡大し生産の増大を図るためには、どうしても機械に_____しかないのだろう。

    A. 祈る   B. 願う   C. 頼む   D. 頼る

37. 今年は、六月半ばというのに38度にもなる高い気温に_____。

    A. 叫喚した   B. 困惑した   C. 閉口した   D. 変調した

38. こんなに練習しているのに_____上手にならない。

    A. めったに   B. さっぱり   C. けっして   D. あえて

39. うまくできなかった人は家で料理のお手伝いをして、お母さんやお父さんからおしえて_____ください。

    A. やって   B. あげて   C. くれて   D. もらって

40. 事件の経緯を_____知らないで、あれこれ口を出すのはよくない。

    A. ろくに   B. ふいに   C. ついに   D. すでに

41. 高価なものが_____上等であるとは限らない。

    A. あまり   B. かならずしも

    C. すこしも   D. まったく

42. 泳いだり、水遊びをする時は、_____水に入らないで、十分な準備体操をしてから、水に入ったほうがいい。

    A. いきなり   B. ただちに

    C. たちまち   D. にはかに

43. 予定の仕事が無事に終わったので、休みを取って_____することにした。

    A. はらはら   B. ぷらぷら   C. ぺらぺら   D. ぶらぶら

44. 教師の目を盗んで_____髪の色を染める生徒がいる。

    A. うっかり   B. こっそり   C. しっかり   D. はっきり

45. サッカーの試合見物には母は_____行きたくなさそうな様子をしていたが、結局一番楽しんでいたのは母だった。

    A. いかにも   B. かならず   C. だいたい   D. たいてい

四、次の文の_____に入れるのに最も適切なものを、後のA、B、C、D、か

ら一つ選びなさい。(1×15＝15 点)

46. これはどこの店＿＿＿＿＿＿売っていますよ。
    A. まで　　　　　B. さえ　　　　　　C. でも　　　　　　D. すら

47. 幸い、タクシーが来た＿＿＿＿＿＿、すぐ乗って出かけた。
    A. が　　　　　　B. けれども　　　　C. のに　　　　　　D. ので

48. あした図書館があいている＿＿＿＿＿＿どうか知っていますか。
    A. が　　　　　　B. を　　　　　　　C. に　　　　　　　D. か

49. この会社に来てから、今年＿＿＿＿＿＿五年になります。
    A. で　　　　　　B. は　　　　　　　C. が　　　　　　　D. まで

50. 一生懸命練習＿＿＿＿＿＿、マラソンの選手に選ばれなかった。
    A. するから　　　B. したのに　　　　C. すれば　　　　　D. したら

51. 通勤の＿＿＿＿＿＿言えば、アパートは、駅に近いほうがいいと思います。
    A. うえが　　　　B. うえへ　　　　　C. うえで　　　　　D. うえに

52. 退屈な毎日＿＿＿＿＿＿飽きて、冒険を求めている人が多い。
    A. で　　　　　　B. に　　　　　　　C. を　　　　　　　D. から

53. 外国で病気する＿＿＿＿＿＿心細いことはありません。
    A. さえ　　　　　B. ばかり　　　　　C. ぐらい　　　　　D. のみ

54. 行き先の違う汽車に乗る＿＿＿＿＿＿、たいへんな間違いですね。
    A. なんと　　　　B. なんて　　　　　C. なんか　　　　　D. なんぞ

55. 喉が乾いたから、お茶＿＿＿＿＿＿もらえませんか。
    A. しか　　　　　B. さえ　　　　　　C. だって　　　　　D. でも

56. 桜の＿＿＿＿＿＿植物は中国でも珍しくはありません。
    A. ような　　　　　　　　　　　　　B. ように
    C. みたいな　　　　　　　　　　　　D. みたいに

57. 犯人が逃げた＿＿＿＿＿＿、どっちの方向だろうか。
    A. とし　　　　　B. としても　　　　C. としたら　　　　D. と

58. 天候が回復し次第、＿＿＿＿＿＿。
    A. 出航しない　　　　　　　　　　　B. 出航しよう
    C. 出航しつつある　　　　　　　　　D. 出航できないだろう

59. たとえ大金を積まれたとしても、＿＿＿＿＿＿。
    A. そんな仕事はやりたくない　　　　B. どんな仕事もやりたい
    C. そんな仕事はやりかねない　　　　D. どんな仕事もやりかねない

173

60. あした　　　　　のですが、ご都合はいかがでしょうか。

    A．お会いになりたい　　　　　　　B．おいでになりたい

    C．ご覧になりたい　　　　　　　　D．お目にかかりたい

五、次の文章の[ ]に入る最も適切な言葉を、後のA、B、C、D、から一つ選びなさい。(1×10＝10 点)

　私は山歩きが大好きです。祖父と四季を[　61　]、登って楽しんでいます。全身汗びっしょりになり、山の頂上についた時の達成感がなんともいえない[　62　]。祖父の話では、昔は山の木に、赤や黄色の山苺や山葡萄などがなっていて宝の山のようで、また違った楽しみもあったと言います。[　63　]そんな木は切り倒され、杉林になってしまいました。杉の方がお金になったからです。しかしその杉林も、時代の流れであれば林が増えています。[　64　]、山歩きの楽しみの一つに、鳥のかわいらしいさえずりや羽音が聞こえることがあります。鼬や、狸などの小動物の足跡を見つけることもあります。

　[　65　]、人間の文明はそんな鳥や動物の生態を十分に破壊してきました。熊が人間におりてきて射殺されたり、都会でカラスの被害が深刻になっているニュースを聞く[　66　]、物言えぬ動物たちが、人間本位の文明にイエローカード^(注1)を出しているように思えます。

　[　67　]、山を歩いていると、自然に帰らないゴミ、即ち、ペットボトル^(注2)やスーパーの袋が落ちている時があります。私は、自分が出したゴミは勿論のこと、落ちているゴミも、拾って持って帰るように[　68　]。

　山の土や緑は、動物のすみかになったり、洪水を防いだり、生活に必要な物になってくれます。また、森林のプランクトン^(注3)を育てます。「木を見て森を見ず」ということわざがありますが、目先の便利さや人間の利益を優先して人は、生命にかかわる大切なものを失い[　69　]。

　環境問題を考える時、私達人間は、山の自然から、大きなかけがえのない贈り物を[　70　]ことを決して忘れてはいけないと思います。

　(注1) イエローカード＝サッカーなどの競技で使う黄色の警告カード

　(注2) ペットボトル＝清涼飲料などの容器に用いるポリエチレン製の瓶

　(注3) プランクトン＝水中に浮遊して生活する生物の群集

61. A．言わず　　　　B．問わず　　　　C．聞かず　　　D．話さず

62. A．に決まっています　　　　　　B．までです

    C．に違いありません　　　　　　D．からです

63.	A. 今は	B. 将来は	C. 過去は	D. いつかは
64.	A. まだ	B. まだしも	C. また	D. または
65.	A. そこで	B. それで	C. しかし	D. しかも
66.	A. ために	B. たびに	C. のに	D. ので
67.	A. さらに	B. けっして	C. さすが	D. もっとも

68. A. されています   B. させています

  C. なっています   D. しています

69. A. そうもありません   B. つつあります

  C. はしてはいけません   D. こそあります

70. A. くれている   B. あげている

  C. もらっている   D. やっている

六、読解問題

問題一、次の各文章を読んで、後の質問に答えなさい。答えはそれぞれA、B、C、D、の中から最も適切なものを一つ選んで、解答用紙のその番号に印を付けなさい(1×5＝5点)

【文章1】

①われわれは、例外なく、下流より上流の方を気にする。上流が汚れ、乱れると、水や食べ物がまずくなり、危うくなり、くらしの楽しみが減り、体が傷つけられやすくなるからである。上流に比べて、下流に対する関心はゼロといってよいくらいうすい。目の前に置いておくと嫌なものを、見えないところ、遠いところに持っていくだけで、もう、すっかりその存在さえ忘れてしまう。たとえば自家用車を運転している人は、気楽な気分で歩行者や自転車族に排気ガスを吹き付けているのだが、そのことを意識している人はほとんどいない。これなど下流に対する無関心の典型である。

 71. ①われわれは、例外なく、下流より上流の方を気にするとあるが。その理由として正しいものはどれか。

  A. 上流の存在を忘れてしまっているから

  B. 下流が見えないところが多いから

  C. 上流が汚れると被害を受けるから

  D. 下流はありふれた風景だから

 72. 下流にあたるものは次のどれか。

  A. 食べ物   B. 自家用車

C，自転車　　　　　　　　　D，排気ガス

【文章2】

　私の知っている寿司屋の若主人は、亡くなった彼の父親を、いまだに尊敬している。死んだ肉親のことは多くの場合、美化されるのが普通だから、彼の父親追憶も①それではないかと聞いていたが、②そのうち考えが変わってきた。

　高校を出た時から彼は寿司屋になるすべてを習った。父親は彼のご飯のたきかたが下手だとそれをひっくり返すぐらい厳しかったが、何といっても腕に差があるから、文句が言えない。だがある日、たまりかねて

　③「なぜぼくだけに辛く当たるんだ?」

と聞くと、

「俺の子供だから辛く当たるんだ。」

と言い返されたと言う。

　　73. ①それが指す内容として最も適当なものはどれか。
　　　　A．死んだ肉親の追憶　　　　　B．死んだ肉親の美化
　　　　C．死んだ肉親への尊敬　　　　D．死んだ肉親の厳しさ

　　74. ②そのうち考えが変わってきた のは誰の考えか。
　　　　A．筆者　　　　　　　　　　　B．寿司屋の若主人
　　　　C．亡くなった父親　　　　　　D．死んだ肉親の息子

　　75. ③なぜぼくだけに辛く当たるんだ とあるが、「辛く当たる」とはこの場合どういう意味か。
　　　　A．激しいぶつかる　　　　　　B．必要以上に厳しくする
　　　　C．理由を言わずに殴る　　　　D．何も教えてくれない

　問題二、次の文章を読んで、後の問いの答えなさい（①～⑥は、それぞれ段落を示す番号である）。答えはそれぞれA、B、C、D、の中から最も適切なものを一つ選んで、解答用紙のその番号に印を付けなさい（1×10＝10点）

　1　「言葉」は、普通「伝達」と「思考」の手段であるといわれます。この「伝達」の働きについては、だれもがすぐ理解しやすいことなのですが、「思考」の手段としての「言葉」については、私たちがさまざまな言葉をほとんど無意識に自由に使っているだけに、かえってその働きが実感されにくいようです。しかし、①この働きについても、人間の子供が、生まれてから②だんだんと言葉を覚え、次々に言葉を増やすことによって、事物についての認識や考える力を発

達させていくことなどを見てみると、分かりやすいでしょう。

　2　私たちの考える力の中には、たとえは、個々の事物からそれぞれの持っている特徴的な部分を捨てて、共通な側面や性質を引き出す、「抽象」する力があります。数で言えば、三個の椅子も、三冊の本も、ともに同じ「三」という数で考えるのが抽象することになります。また、同年輩のA・B両人が親しく交際し、同じくC・Dも親しく交際しているとき、A・BとC・Dの親しさの内容も交際の仕方も違うはずなのに、こういう同年輩の人たちの間の愛情をともに③「友情」という言葉で表すのも抽象する考え方によるものです。このように私たちは、さまざまな事物を抽象してその性質を言い表すのに「言葉」を用います。

　3　また、私たちは、いろいろな具体的な事物を調べてそれらの間にある関係を見つけたり、一般的な法則によって個々の具体的な事物の性質を説明したりする考え方をします。こういう考え方は、私たちが事実に基づいてものごとをきちんと筋道立てて考えていく場合に、中心的な働きをするものです。そして、それらは、すべて「言葉」というものを④なかだちにして成り立っているのです。

　4　そのことは、私たちの勉強の場合どうなっているかというと、勉強の内容が、すべて「言葉」(文字や記号・符号などを含めて)による思考によって成り立っているということです。だから、「勉強が分からない」というのは「言葉」で考える道筋で、⑤「言葉」に関するいろいろなつまずきがあるということになります。例えば、言葉の意味や文字の読み方がわからないから内容がわからない、ということがあります。

　5　ところで、私たちの「言葉」は、人間・社会・自然などについての、無数のものごとをそれぞれに区別して指し示す言葉や、的確に言い表す言葉から成り立っています。また、言葉によっては、その中にかなりたくさんの意味合いの違いを含んでいるものもあります。これらの言葉は、それぞれの言語の「文法」という一定のきまりによって組み立てられ、人間の複雑な[⑥]内容を表すことができるようになります。

　6　そこで、「言葉」で考える上でのつまずきを取り除くためには、個々の単語についてはもちろん、それらをさまざまに組み立てて作られる表現の意味している内容を、正しく理解し、自分のものにしていくことが大切になります。そうすることで、私たちは。考えをいっそう深めたり、心を豊かにする「言葉」の使い方を学んだりすることができるのです。

76. ①この働きとは、どういう働きを指しているか。

    A. 「伝達」の手段としての「言葉」という働き

    B. 「認識」の手段としての「言葉」という働き

    C. 「思考」の手段としての「言葉」という働き

    D. 「理解」の手段としての「言葉」という働き

77. ②だんだんとは、次のどれにかかるのか。

    A. 覚え   B. 増やす

    C. 考える   D. 発達させ

78. ③「友情」とは次の何か。

    A. 同年輩の人たちの間の愛情

    B. 二人が親しく交際すること

    C. 言葉で抽象できる愛情

    D. 共通な側面や性質を引き出して交際すること

79. ④なかだちの本文中のおける意味は次のどれか。

    A. 中座する   B. 頼りにする

    C. 橋渡し   D. 仲立ち上場の略語

80～82. ⑤「言葉」に関するいろいろなつまずきとあるが、次の文は、筆者が考えている「つますぎ」について説明したものである。80、81、82に当てはまる最も適当な言葉はどれか。

「言葉」のつますぎとしては、80の意味が分からない場合や、80を「81」という一定のきまりによって82の意味がわからない場合などが考えられる。

80. A. 個々の仮名   B. 個々の漢字

    C. 個々の語彙   D. 個々の単語

81. A. 文法   B. 発音   C. 文節   D. 意義

82. A. それぞれ形のある段落になった表現

    B. それぞれに文法に合う複雑な表現

    C. さまざまに組み立てて作られる表現

    D. さまざまに調整し整えられる表現

83. [⑥]に入る言葉は次のどれか。

    A. 行動   B. 思考   C. 認識   D. 抽象

84. 次の文は、1～4段落のうち、どの段落の最後につければよいか。

特に古典や外国語を習う場合、単語の意味がわからないから書いてあることの意味がわからないというのは、よくあることでしょう。

A. 1　　　　　　B. 2　　　　　　C. 3　　　　　　D. 4

85. 本文に述べられていることと最もよく合っているものはどれか。

A. 事物を調べて、それらの間にある関係を見つけることができるのは、「言葉」の「伝達」の働きによるものである。

B. 一般的な法則によって個々の具体的な事物の性質を説明する考え方は、人間に生まれつき備わっているものである。

C. 「言葉」は、無数のものごとをそれぞれに区別して指し示し、一つの言葉が表す意味は必ず一つと決められている。

D. 考えをいっそう深めたり、心を豊かにしたりするためには、「言葉」を正しく理解していくことが重要である。

第二部分

七、次の文を完成しなさい（解答は解答用紙に書きなさい）。（1×10＝10点）

86. 約束をした以上は＿＿＿＿＿＿＿＿＿＿＿＿＿＿＿＿＿＿＿＿＿。

87. 食べれば食べるほど＿＿＿＿＿＿＿＿＿＿＿＿＿＿＿＿＿＿＿。

88. 夜は子供に泣かれて＿＿＿＿＿＿＿＿＿＿＿＿＿＿＿＿＿＿＿。

89. お忙しいところを＿＿＿＿＿＿＿＿＿＿＿＿＿＿＿＿＿＿＿＿＿。

90. もう少しで勝てたのに…悔しくて、悔しくて＿＿＿＿＿＿＿＿＿。

91. 小説を読んでいるうちに＿＿＿＿＿＿＿＿＿＿＿＿＿＿＿＿＿。

92. あの人は歌手のわりには、＿＿＿＿＿＿＿＿＿＿＿＿＿＿＿＿。

93. なにもできないくせに＿＿＿＿＿＿＿＿＿＿＿＿＿＿＿＿＿＿。

94. お金があるからと言って、＿＿＿＿＿＿＿＿＿＿＿＿＿＿＿＿。

95. 体に悪いとわかっていながら、＿＿＿＿＿＿＿＿＿＿＿＿＿＿。

八、次の要領で解答用紙に作文をしなさい。（15点）

題　　　目：最も感動の本

注意事項：① 文体：常体（簡体）；

　　　　　② 字数：350～400；

　　　　　③ 文体が間違った場合、字数オーバーまたは不足の場合は減点になる。

2007 年真题参考答案

（无听力理解部分和作文范文）

21. D	22. B	23. C	24. A	25. B	26. D	27. A	28. B	29. A	30. C
31. B	32. A	33. D	34. D	35. D	36. D	37. C	38. B	39. D	40. A
41. B	42. B	43. D	44. B	45. A	46. C	47. D	48. D	49. A	50. B
51. C	52. B	53. C	54. B	55. D	56. A	57. C	58. B	59. A	60. D
61. B	62. B	63. D	64. C	65. C	66. B	67. A	68. A	69. B	70. C
71. C	72. C	73. B	74. A	75. B	76. C	77. A	78. B	79. C	80. D
81. A	82. C	83. B	84. D	85. D					

86. 守らなければなりません

87. 食べたいです

88. なかなか眠れなかった

89. お邪魔いたしました

90. たまりません

91. 眠ってしまった

92. 歌があまり上手ではありません

93. できたふりをするな

94. 無駄使いは許さない

95. 毎日たくさんのタバコを吸っています

作文（略）